강진시문학파기념관

백조의 호수, 강진만을 거느린 강진에 이 시집을 바친다.

강진시문학파기념관

강진시문학파기념관

김재석 시집

문학들

시인의 말

전업시인이 된 뒤에 맞이한 첫 번째 겨울이다. 지난밤 비바람이 가만있지 않기에 마음의 문마저 굳게 닫았는데 아침에 일어나 보니 첫눈이 먼 길을 찾아왔다. 지루하고 지겨운 날들을 즐거운 척 시치미 떼고 살고 있는 나에게 삶은 여전히 의외일 때가 많다는 것을 첫눈이 가르친다. 오늘은 첫눈을 백지 삼아 '서설瑞雪'이란 육필 시를 써야겠다. 햇살에 백지가 사라질지라도.

금년 한 해 동안 『다산』, 『만경루에 기대어』, 『조롱박꽃 핀 동문매반가』, 『목포』 두 권의 시집과 두 권의 시조집을 발간하였다. 모두 다 목포마리아회고등학교 재직 시절에 쓴 작품들이다. 무슨 놈의 시집을 한 해에 네 권이나 출간하느냐 말하는 분들이 있을 것이다. 아직도 교사 재직 시절에 쓴 서랍 속에 갇힌 작품들이 하루 빨리 세상 밖으로 나가기를 기다리고 있다고 그분들에게 말하고 싶다.

고향 강진의 문화와 자연이 전보다 더 나를 닦달하고 있다. 이제까지 고향에 진 빚을 이자까지 쳐 갚을 생각이다. 금년에 네 권이나 되는 시집을 발간했지만 그건 다 고향에 빚진 시절에 낳은 작품들이다. 그래서 금년에 빚을 갚고자 맘먹고 쓴 시집이 몇 권 되는데 그중의 하나가 『강진시문학파기념관』이다.

강진의 문화와 자연에 대하여 유머와 해학으로 접근한 시집 『강진』과 『조롱박꽃 핀 동문매반가』에서 못다 한 이야기들이 이 시집에 오롯이 담겨 있다.

　햇살과 열애하는 영랑생가 돌담 옆 공터는 소년 시절 나의 놀이터였다. 담장 너머로 은행나무가 선물한 황금잎을 책갈피 삼았다. 은행알을 만져 사타구니가 혼쭐나기도 했다. 영랑생가 사랑채에 불알친구 길례가 살았다. 사랑채 마루가 내게 언제나 일수불퇴인 장기를 가르쳤다. 안채에는 아버지가 목사이고 공부로 타의 추종을 불허한 희중이 선배가 살았다. 마당 좁은 집에 살아 언제나 콩알만 한 가슴으로 살아야 했던 나에게 그 큰 집은 부러움의 대상이었다. 그 집이 영랑생가인 것을 알게 된 것은 대학 재학 시절이다.

　한 권의 양장본 시집인 영랑생가와 강진시문학파기념관 사이에 계곡이 있었다. 우거진 숲, 나무들 중에 구슬나무가 계곡 물에 제 얼굴을 들여다보고 있었고 계곡 위에 넘치는 샘이 항상 뭐라 종알거리고 있었다. 영랑은 이 길을 따라 금서당을 오르내렸으며 나이 들어서는 이 길에서 많은 영감을 얻었을 것이다. 강진시문학파기념관 자리는 눈이 방울토마토보다 큰 영진이 선배와 최승희를 꿈꾼 지성이 그리고 동화작가인 김옥애 선생님이 둥지를 틀었던 곳이다.

　내가 이 시집의 제목을 『강진시문학파기념관』으로 한 것을 이제 독자들은 이해할 것이다. 영랑생가로부터 가까운 곳, 마당 좁은 집에 미수의 어머니가 살고 있다. 언제나 '싸쌀해라' 내게 말하는 어머니의 뜻에 반하여 명퇴한 나를 마당 좁은 집의 벽시계가 집에 갈 때마다 꾸짖는다. 어려울 때 다산을 생각하고, 체 게바라를 생각하고, 권정생을 생각한다. 이번 주말에 고니 떼를 만나러 백조의 호수, 강진만에 다녀와야겠다.

　사족 : 이 시집 속에 스토리텔링을 빙자한 시답지 않은 시들도 있다. 시답지 않은 시들을 버려도 시집 한 권 분량이 훨씬 넘는데 왜 버리지 못하는 걸까? 나는 지금 저장강박장애라는 병을 앓고 있다. 동어반복에 비슷한 형식의 시들이 눈에 띌 것이다. 과감하게 버리지 못하는 나의 이 병을 이해하기 바란다.

2013년 첫눈 온 날
김재석

차례

제3부

제1부

김영랑 생가

시론

언어의 연금술이
은유라는 걸 뒤늦게 깨닫다니

진흙소인 해가
우주의 시계인 달이
해와 달의 자식인 별들이
몸으로 보여준 것을
깨닫지 못했다니

구름이 밤낮으로 보여준 것을
몰랐다니

아버지가
어머니라는 백지에 갈겨놓은
문장이 나인 것 또한

나의 연서를 받은 살구꽃이
내게 보낸 답장이

황금의 열매인 것을

우주선인 민들레가
간이역인 큰개불알풀이
집배원인 코딱지나물이
발밑에서 내게 가르친 것을
몰랐다니

시가
은유의 자식이라는 걸
이제야 깨닫다니

자화상

1
이뭣고
하나로도 벅찰 텐데

저뭣고와
그뭣고까지 챙기려 들다니

오지랖도
넓지

2
슬픔보다
서러움과
더 가까이 지내다니

분노보다
경악과
더 가까이 지내다니

이제
그만 내려놓을 일이지

그리운 강진

이제 머지않아
보은산 어깨 너머
강진 들녘에
기러기 떼가 날아들겠지

이제 머지않아
보은산 어깨 너머
강진만 갯벌에
고니 떼가 찾아들겠지

고암모종은
강진의 산과 들과 바다를
위무하느라
한눈팔 틈이 없고

이정표인 가우도와 죽도는
기러기 떼와 고니 떼
길 잃지 않도록

꼼짝달싹 않고 있겠지

백련사 동백숲은
기러기 떼와 고니 떼
기다리느라
귀를 곤두세우고

달빛은
구강포 편지지 삼아
연서를
밤늦도록 쓰겠지

우두봉

내 몸이 풀잎 같은 약골이어도
내가 어디 가서
무시받지 않는 것은
세상이 너그러워서 그런 줄 알았다

내가 궁지에 몰려 있다가
이카로스처럼 빠져나간 것도
내가 지혜를 잘 발휘해서
그런 줄 알았다

내가 발걸음 옮길 때마다
내 등 뒤에
누군가가 저만치 떨어져서
날 지켜 준다는 것은 생각도 못했다

경호원이자 수호신인 우두봉이
내 생의 구원투수인 것을
탐진강이 귀띔해 주지 않았더라면

나는 여전히 덤벙거리며 살았을 것이다

심지어 풀과 나무와 새들이
나를 하염없이 바라보기에
나를 연모해서 그런 줄 알았더니
내 뒤에 서 있는 우두봉 때문이라니

우두봉이 이마에 손을 대고
세상을 굽어보다가
내가 위기에 처할 때마다
내 등 뒤에 나타나 버티고 섰던 것이다

도원리

    - 여름

배들이 다리 아래
그 많던 버들치와 피라미들은
다 어디로 숨어버렸는가,
못 찾겠다 꾀꼴이 정답이니

낮에는 피리병으로
밤에는 횃불로
고기를 유혹하던 이들은
또 어디로 사라져버렸는가

도원리 들판에
그 많던 원두막은
다 어디로 숨어버렸는가,
못 찾겠다 꾀꼴이 정답이니

낮달이 지켜보는데도
낮은 포복으로
전진하던 아이들은
또 어디로 사라져버렸는가

물 위를 걷는 달빛같이

발목을 적시지 않고 물 위를 걷는 달빛같이
강물에 뛰어내려도 소리 나지 않는 별빛같이
이순의 江을
가뭇없이 건너야지

바람을 거느린 하늘의 견자, 솔개같이
황금잎을 지상에 내려놓는 은행나무같이
남은 생을
입을 봉하고 살아야지

* 이 시는 김영랑의 「돌담에 속삭이는 햇발같이」를 패러디하였다.

영랑생가에 내리는 눈

호화 양장본 시집인
영랑생가에 뛰어드는 눈발들은
영랑의 시를
맛보고 싶은 걸까

모란이 피기까지는
맛볼 수 없지만
동백잎에 빛나는 마음은
맛볼 수 있지

아주 짧은 생애를 살다가는
저 눈발들은
무슨 속셈으로
영랑생가를 택한 걸까

삼동에 방문한 길들 위하여
문 열어놓고
시심에 젖어 있는

영랑 시인 만나고 싶었나

호화 양장본 시집인
영랑생가에 뛰어드는 눈발들은
오르페우스를
꿈꾸는 걸까

모란이 피기까지는

해와 달, 별빛이
눈치껏
다른 꽃들 피해
뒤에서 밀어줬을 것이다

구름도
뒤에서 밀어주느라
제 몸을
아끼지 않았을 것이다

다들 밀어주는데
힘이 센 대지가
태평하게 드러누워
구경만 했을까

바람도
잠든 꽃봉오리를
깨우느라

한몫했을 거다

* 이 시는 김영랑의 「모란이 피기까지」라는 시의 제목을 차용하였다.

물 보면 뛰어들고

물 보면 뛰어들고
별 보면 따내는
내 마음은
싱싱한 것을

이순의 江이 코앞인데
여전히 덤벙거리는
내 자신이
남세스럽긴 하지만

내 마음의 서랍에
시 썩는 냄새가 진동해도
못 버리고
간직하다니

지루하고
지겨운 날들을
즐거운 척

시치미로 일관하는 삶이여

비 내리는 현구생가

주인 바뀐 현구생가에
축음기판이
추억을 되새김질하듯
구구구 비가 내린다

비를 탄 몇 편의 시를
비에 젖은
내 마음이 받아 적으려
귀를 곤두세우는 것을

함께한 오르페우스의 후예들이
마음을 다잡느라
입술을 깨무는 소리가
내 귀에 들리는데

빗속에
검정비둘기 한 마리가
내 눈 속에 둥지를 틀고

떠나지 않는 것을

주인 바뀐 현구생가에
축음기판이
추억을 되새김질하듯
구구구 비가 내린다

검정비둘기

어디에서나 검정비둘기를 만나면
내 마음의 마우스를
클릭하지 않아도
김현구 시집이 팝업되지

첫 장을 넘기면
안경에 콧수염을 한
검정비둘기, 현구가
정장하고 날 반기지

'뉘 눈살에 시달리어 그 맵시 쓸쓸히' 로
시작하는
「검정비둘기」란 시가
내 눈길을 오래 붙드는 것을

'거룩한 봄과 슬픈 봄' 이
'임이여 강물이 몹시도 퍼렇습니다' 가
'어린 너는 산새처럼 가 버리고' 가

연이어 얼굴을 내미는 것을

아무 데서나 검정비둘기를 만나면
내 마음의 전자책인
김현구 시집이
내 눈앞에 펼쳐지지

지금은 촛불을 켤 때입니다

아우슈비츠 이후
우리가 쓰는
모든 서정시는 사치이다, 라고
브레히트가 말했지

순수서정의 깃발을 휘날리며
일부 시인들이
서정시를 쓴 것은
아우슈비츠 이전이었지

지금은 촛불을 켤 때인 것을
한우 떼인
촛불의 무리를
누구도 건드리지 못하도록

철탑 위에서
비분강개하는 노동자 소식에
강물도 울음을

그치지 않는 것을

희망버스에 오르지 못하더라도
누군가가 오열할 때
눈물을 덜어 줄 수 있도록
촛불을 켜야지

촛불 하나는 황소 한 마리이니
함께하지 못할 때는
마음의
촛불이라도 켜야 하는 것을

아우슈비츠 이후
우리가 쓰는
모든 서정시는 사치이다, 라고
브레히트가 말했지

* 이 시는 신석정 시인의 시의 제목 「아직 촛불을 켤 때가 아닙니다」를
  차용하였다.

눈 내리는 동은별장

– 전설적 부호, 김충식

보은산 산마루
동은별장 찾아온 눈발들은
무슨 연유로
먼 길을 마다하지 않았나

자신이 낳은 강진농고, 한전,
탐진강 제방 바라보다가
눈시울이 뜨거워지기도 하는
동은별장 위로하러 왔나

조선 제1부호의 꿈을 꾼
동은별장이 갑부가 된 것이
우연이 아니라는 걸
저 눈발들은 알고 있을까

부모의 유산인 삼천 석을
십 년 만에 사만 석으로 늘린 재주는
타고난 것을,

선친이 이미 부호였으니

강진 금릉팔경의
경회 김영근 선생의 피도
동은별장에
섞여 있는 것을

회한에 젖은
동은별장 방문한 눈발들은
무얼 배우려
먼 길 마다하지 않았나

* 동은東隱 : 김충식의 호이다.

동문매반가 아욱국

일속산방이 사라진 시대에
노규황량사를 맛보는 차선책은
사의재를 입양한
동문매반가, 아욱국에 매달리는 거다

동문매반가의 아욱국이
원하는 이들에게 일속산방을
다산을, 추사를, 치원을
안겨 주고 있다

목리 갈대들이
한 줄도 빠짐없이 기억하고 있는
애절양은 기본안주이고
노규황량사가 주메뉴가 되었다

동국매반가의 아욱국이
다산, 추사, 치원에 더불어
소치와 초의까지 안겨 주니

이보다 더 좋을 수가

일속산방이 사라진 시대에
노규황량사를 만나는 차선책은
사의재를 입양한
동문매반가, 아욱국에 매달리면 된다

강진경찰서 청자담장

삶이란 게 얼마나 처절한가를 보여주는
강진경찰서 앞 나이든
느티나무도 느티나무이지만
내 눈빛과 마주친 청자담장이
나를 붙들고 놓아주지 않아야

경찰서 난쟁이담장에
청자를 놓아
담장 역할을 하게 하다니,
아무리 강진이 청자의 본향이라지만

한때 개밥그릇으로 굴러다닌 청자 그릇,
남아도는 청자로 담장을 만들었다 하더라도
외지인들 지나가다가
엉뚱한 생각날까 봐 겁나는 걸

경찰서 담장이니
걱정할 것 하나 없다지만

나 같은 놈도 딴 맘이 생기는데
다른 사람들은 딴 맘이 생기지 않을까

내 친구 용길이와 희준이에게
유도를 가르친 상무관이 있던 자리가
이제는 주차장으로 변한
강진경찰서 청자담장이
나를 붙들고 놓아주지 않아야

보은산 뻐꾹새

보은산 뻐꾹새 울음소리가
'보은산 뻐꾹새 울음소리구나' 하고
나에게 탄성을 지르게 한 것은
뚜레쥬르와 파리바게뜨 사이에서였지
파리바게뜨와 뚜레쥬르 사이가 아니고
뚜레쥬르와 파리바게뜨 사이인 것은
강진터미널이 나를 뱉어냈기 때문이지
보은산 뻐꾹새 울음소리를
마지막으로 만난 게
사십오 년도 더 전 일이지
소싯적 기차바위와 어울리다가
보은산 뻐꾹새 울음소리에 홀려
돌샘 지나 고성사를 만난 적이 있지
뚜레쥬르와 파리바게뜨 사이에서
보은산 뻐꾹새 울음소리를 만난 그날도
귀를 곤두세우며
강진신협 골목 지나
강진읍교회 지나

영랑생가 담장 따라 양무정 지나
기차바위에게 눈인사하고 왔지
내친걸음에 우두봉를 만나고 싶었으나
불알친구들이 함께하지 않으니
내게 부담스러웠지
쿠쿠 시계가
쿠쿠 밥통이 나의 귀를 두드려도
관심 없는 내가
보은산 뻐꾹새 울음소리에
정신을 못 차리다니
그건 보은산 뻐꾹새 울음소리가
자연산이어서가 아니라
내 고향 강진산이어서 그랬겠지

보은산 생강나무

봄날, 우두봉 정복하러 가는 길에
노란 꽃이 나를 한눈팔게 하여
가시내 옷 벗기듯
덤불을 헤치고 만났다

겨울에도 불길이 꺼지지 않는
산수유인 줄 알았는데
김유정의 소설 「동백꽃」에 나오는
노란 동백, 생강나무이다

알싸한 냄새가 진짜로 나는가,
꽃가루가 묻도록
코를 꽃송이에 문지르는데
누군가가 뒤에서 깔깔거린다

사내의 웃음소리는 아니고
가시내의 웃음소리인데
돌아보면 아무도 보이지 않으니

봄산에 홀린 것이다

노란 동백꽃 속으로
머시마를 넘어뜨려
점순이가 몸을 포개듯
봄산에게 잡혀 먹일 것 같다

가시내 옷 벗기듯
덤불을 헤치고 달아나는데
알싸한 냄새가
계속 나를 붙들고 놓아주지 않는다

보은산방 가는 길

동문매반가에서
진한 국밥 한 그릇으로
마음의 허기를 때우고
보은산방에게 한 수 배우러 간다
사의재가 가르쳐 준 대로
동문안 뒷골목을 신나게 뒤따라가다가
바통을 이어받은
산등성이를 더듬더듬 오른다
어느덧 북산 꼭대기가
잠시 쉬어 가라 날 붙드나
강진만은 아직 당당 멀었다며
제 전신을 보여주지 않는다
마음을 몇 차례 가다듬고
옷깃을 여미며 발길을 재촉하나,
이따금 발길이 흐트러지는 것을
누구도 말릴 수 없다
돌샘에서 등목으로 땀내를 쫓아내고
산돌에 한눈팔며 가는데

보은산방이 날 만나주지 않으면
어떡하지 하는 생각이
뒤늦게 앞장을 선다
만약에 날 만나주지 않으면
종아리를 회초리로 맞을 각오가 돼 있다고
보은산방의 발목을 붙들고 늘어져야지
느티나무가 눈앞에 보이는
고성사 초입에서 옷깃을 다시 여미며
『주역』과 『예기』의 달인인
보은산방에게 한 수 배우러 간다

고성사

1. 대웅전

가우도와 죽도가
한눈에 바라보이는 곳에
자리를 잡았으니
서로 눈을 마주칠 수밖에

오랜 세월
눈빛을 주고받았으니
무슨 사연이
싹틀 수밖에

대웅전은
가우도와 죽도에
가우도와 죽도는
대웅전에 드나들었으니

모든 일이

눈빛으로 이루어졌으니
다들 눈치채지 못할
수밖에

2. 범종

생사의 고해를 넘어
우리에게
불과佛果를 가져다 줄 이가
바로 너지

우리의
아침이 거뜬한 것도
날마다 새로운 것도
다 네 덕이여

우리를
탐진치에서 벗어나게 하기 위하여

당목으로
제 몸을 치게 하다니

순수한 건지,
순진한 건지
그걸 구분할 생각을 하면
아무 일도 못하지

3. 보은산방

산석에게
삼근계 가슴에 새기게 하더니
자기 자신도
가슴에 새겼어야

세월이
이만큼 건너뛴 뒤에도
책을 놓지 않는 것을

보면

해와 달, 별빛도
한눈팔 때가 있건만
한눈팔 기미가
전혀 안 보이니

마당의 느티나무가
감시하는 것도 아닌데
마실 나갈 생각을
안 해야

4. 삼사성각

삼성각이면 삼성각이고
사성각이면 사성각이지
왜 삼사성각인지
수수께끼인 걸

삼성각이면 아쉽고
사성각이면 지나쳐서
그렇게
부를 수밖에 없나

이런 걸
과도기라고 하지
지금이 바로
애매모호한 시기이니

삼성각이면 어떻고
사성각이면 어떻냐고
세상에 이런 바보가
칠성각을

청보리밭

- 강진중학교 가는 길

구 세무서, 동문매반가 지나
청보리밭 들어섰는데
보리밭 가운데
뭔가 보일락 말락 하는 거 있지

가던 발길 멈추고
한하운 생각하며
보리피리 불어 보는데
여전히 보일락 말락 하는 거 있지

어느 사내 계집이
낮달이 지켜보는지도 모르고
방아를 찧는 것도 아닐 텐데
점점 눈에 들어오는 거 있지

종다리 쫓아낸 내 유년이
몇몇 아이들과 풀썩 주저앉아
짤짤이에 정신이 팔려 있는 거 있지,
집에 갈 생각 않고

강진에 가면

강진에 가면
입을 굳게 다문 우두봉에게
신독愼獨을 배우고
구강포에게 부동화이를 배운다

그들이 직접 가르치지 않아도
우두봉과 눈이 마주치면
구강포와 눈이 마주치면
신독이 부동화이가 저절로 다가온다

나에게만 다가오는 것이 아니라
모두에게 다가갈 텐데
그들을 맞이할 준비가 되어 있지 않으니
그것이 문제다

신독이 부동화이가
코앞에까지 다가가도
그걸 눈치채지 못하니

그것 또한 문제다

인간 불평등의 발견자인 루소를
내가 일찍 만났기에
신독이 부동화이가
내게 다가오는 것을 그냥 눈치챈 거다

신독을 부동화이를
눈치채면 무얼 하나,
몸에 배이도록 가까이 해
한 몸이 되어야지

더불어 우두봉과 구강포의
합작인 나, 시중時中에게서도
누군가 뭔가를 배우도록
몸을 아끼지 말아야지

돌샘의 군말

언젠가 내게 눈빛으로
신독을 가르친
우두봉의 대변인이 돌샘인 것을
지명이 한참 지난 뒤에야 알았지

수조에 넘쳐 길 떠나는
돌샘의 군말이 산상수훈인 것을
알아차린 것도
이순을 코앞에 두고 이지

잠시도 쉬지 않는
돌샘의 군말을 다 알아들을 수 없으나
우두봉의 눈빛이
돌샘의 군말이지

우두봉의 대변인인 돌샘의 군말이
고성골 방죽 지나
구강포에 이르러

내게 무얼 가르치나

아,
부동화이인 것을

* 신독은 개인의 문제요, 부동화이는 집단의 문제라는 생각이다.

강진호수공원에서

내 기억의 창고에
아직도 시끄테로 살아남은
강진호수공원에서
자운영빛, 내 유년의 추억이 자맥질하고 있다

피리병 아니면 쪽대로 천렵을 하는,
벌거벗고 멱감아도
부끄러운 줄 모르던 내 유년을
시끄테 냇가가 다 들여다본 것을

내 손에 잡힌, 내 손을 빠져나간 물고기여
움켜지면 파닥거리는 소리와 함께
손바닥에서 사라지는
냇물 속 구름이여, 햇살이여

고개를 꼿꼿이 들고 냇물을 건너는
잠망경 물뱀에게 돌팔매질을 한 일이며
막대기로 개구리를 못 살게 군 일이며

원두막을 따돌린 일이며

나도 모르게 냇가에서 지은 죄가
서 말 닷 되가 훨씬 넘을 텐데
내 유년이 지은 죄를
덜어낼 길이 전혀 눈에 안 띄니

내게는 여전히 시끄테로 살아남은
강진호수공원의
구름다리를, 물결언덕을
자운영빛, 내 유년의 추억이 뛰어다니고 있다

* 시끄테는 혀의 끝이란 뜻이다. 강진호수공원 자리는 장전천에 해당하나
  어린 시절 우리는 시끄테로 멱감으러 간다 하였다.

강진은 짱짱하다

컴퍼스의 안다리인
내 고향 강진은
그야말로 짱짱하다

컴퍼스의 바깥다리인
내가 마음껏 세상을 돌아다닐 수 있도록
지지대가 되어 주는 것을

시문학파기념관,
다산유물관,
청자박물관,
하멜기념관,
무위사극락전내벽사면벽화보존각을 낳았지

백조의 호수인 강진만,
성전 경포대,
주작산과 덕룡산,
금릉팔경을 거느리고 있지

간혹 시끄러워도
그건 잠시
곧 부동화이를 이루어내지

아무리 힘들어도 딱 버티어주는
컴퍼스의 안다리인
내 고향 강진은
그야말로 짱짱하다

* 컴퍼스의 안다리와 바깥다리는 존 던의 시 「Valediction(이별사)」에서
  차용하였다.

강진경찰서 앞 느티나무 사관의 눈빛 전언

기울어가는 조선왕조에서 태어나
잔악한 일제강점기를,
소용돌이의 해방정국을,
동족상잔의 6·25를,
당치도 않는 5·18을 이곳에서 지켜보았다

역사의 굵직굵직한 사건에서
역사의 가느다란 사건까지
내가 보고 들은 것을
내 몸에 새겨 두었는데
보다시피 내 몸이 누더기가 돼 가고 있다

수갑에 채여
때론 철삿줄에 묶여
잡혀온 사람들의 눈빛 하소연에도
내가 할 수 있는 일은
오직 기록하는 일밖에 없었다

지금 나이 들어
생사의 사투를 벌이고 있는 내가
내 몸에 새긴 기록을 누가 필사하지 않는다면
정사正史는 사라지고
야사野史만 남는데 그것마저 변질될 것이다

보다시피 누더기가 다 되어가는 내가
내 몸에 새겨 놓은
주관과 객관이 어깨동무하고 있는
편년체의 이 기록들을 필사하여
하루 빨리 실록으로 남겨야 할 것이다

부동화이를 생의 모토로 삼아온 내가
내일 일을 모르는 나이가 되었으나
발목이 붙들린 나의 운명이
부화뇌동하지 않은 것만으로도
반쯤은 의미 있는 삶이었다는 생각이다

저물어가는 조선왕조에서 태어나
잔인한 일제강점기를,
돌개바람의 해방정국을,
어리석은 6·25를,
언어도단의 5·18을 이곳에서 눈여겨보았다

제2부

죽도와 갈대밭

탐진강

처음부터
저리 늠름한 생이 어디 있나

저리 되기까지는
돌, 자갈, 바위, 소沼에
엎어지고, 깨지고, 휘몰아치고
이마와 무릎이 성한 데가 없었지

다친 곳이
한두 군데가 아니었지

"상처 없는 생은
살아봤다 할 수 없다"는 말
어디서 들은 것 같은데

제 몸을
돌아볼 틈도 없이
정신없이 흐르다 보니

상처가 저절로 아물었지

처음부터
저리 의젓한 생이 어디 있나

남포갈대의 눈빛 전언

백조의 호수, 강진만 가느라
남포 앞을 지나갈 때마다
갈대들이 눈빛을 보내는데
들렀다 가기도 하고
그냥 가기도 하지

갈대들의 눈빛 전언보다
갈대들의 몸매에
한눈파는 날이 훨씬 더 많아
진지한 이야기를
그리 많이 나누진 못했지

이야기를 나눈 지 너무 오래되어
강진만 걸어서 가는 길에
들렀더니
다산의 후처가
남포댁이라고 일러줘야

다산의 후처가 남포댁이라는 사연 뒤에는
다산이 외로움을 달래는데,
다산이 실학을 집대성하는 데
남포가 여러 몫을 했다는 의미가
숨어 있는 것을

불쾌한 기억을 꺼내지 않으려다 꺼낸다며
화승총에 대창뿐인 동학군이
구구식 총으로 단단히 무장한
일본군 앞세운 관군에 의해 죽어
갯물에 쓸려갔다니

삼일운동 때는 또 어떻고
만세소리 가장 먼저 울린 곳도
만세소리 가장 드높이 울린 곳도
바로 남포 이곳이라고
갈대들이 자랑스러워하는 것을

강진만 가는 길의 지름길인
남포 앞을 지나갈 때마다
갈대들이 눈빛을 보내는데
붙들리기도 하고
그냥 가기도 하지

갈대

갈대들이
저리 날씬한
몸매를 유지하는 이유를
나는 알지

따로 운동하지 않아도
비만 같은 게
찾아오지 않는 이유를
나는 알아

흔들리며
사는 것 자체가
바로
운동이기 때문이지

저절로 운동이 되니
저리 날씬하지 않으면
이상한 거지,
오히려

굴동 갈대

하루에 두 차례
그대 가슴을 어김없이 적시던
바다를 만날 수 없으니
이제 더 이상 갈대가 아니라고

바다와 그대를
간척지가 도로가 갈라놓아
둑 너머 바다와
눈빛마저 마주칠 수 없다고

바다가 그대를 만나러 와도
만날 수 없으니
이제 갯물 맛을 볼 수 없으니
살아도 산 것이 아니라고

그대를 만나러 온 바다는
어쩔 수 없이 그냥 돌아가나
여전히 해와 달, 별빛은

그대를 찾아오는 것을

둑 너머 바다가
그대를 배신한 것도 아니고
바다의 소식을
해와 달, 별빛이 전해주는 것을

바다가 그대 가슴을 적시지 않아도
갈대인 게 분명하지,
그대 몸뚱일 흔들어
바람을 만들어 바다를 만나면 되니

그동안 만나고 다니면서
엄살을 부리다니
백 번의 아가페적인 사랑보다
한 번의 에로스적인 사랑이 더 낫다고

다산과 나

다 밝힐 수 없는 사연으로
생의 발목이 잡혀
더 살아보고 싶은 마음이 나지 않을 때
다산이 내게 다가왔지

고개 숙인 내 영혼의 어깨를 또닥이며
다산이 내게 속삭였지,
일사이적에 견줄
슬픔이 내게 있냐고

적거지 강진의 사의재에서 다산초당까지
경학에 덜미 잡힌 뒤에도
두물머리가 뇌리를 떠난 날이
몇 날이나 있었겠냐며

절도안치인 손암도 버티는데
그에 비하면
한참 사치인 자신이 못 버틴다면

그게 말이 되냐며

하루에 두 차례
어김없이 찾아왔다 돌아가는
구강포 바닷물처럼 삶은 가차 없는데
자신도 연민에 빠진 적이 있다며

다 털어놓을 수 없는 사연으로
생의 발목이 붙들려
더 살아보고 싶은 마음이 나지 않을 때
다산이 내게 찾아왔지

강진만은 알고 있다

옛 남당포의 뱃길인 강진만은
강진의 과거와 현재를
하나도 빠뜨리지 않고 다 알고 있다
개경으로 가는 고려청자를
조선왕조에 바칠 세금을
먼 바다에 수시로 인계하였으니
유당 김노경을
손암 정약전을, 원교 이광사를
고금도로, 신지도로 데려가고
우암 송시열을
제주도로 무사히 데려가라고
먼 바다에 신신당부하였으니
육·이오 때 좌익에 밀린
경찰과 부호들을
앞바다의 섬들에게 맡겨
목숨을 구해줬으니
유치에서 좌우익이 흘린 피를
궂은소리 하나 하지 않고

다 받아냈으니
이제 남당포 뱃길은 사라지고
겨울이면 백조의 호수, 강진만으로
이름을 날리는 강진만
내가 거론하지 못한
크고 작은 일 뿐만이 아니라
나의 과거와 현재도
하나도 빠뜨리지 않고 다 알고 있다
하루에 두 차례 드나들며
우리들에게 들려주는 이야기를
우리가 못 알아들을 뿐

강진만의 자식들

요니의 바다인 강진만이
이제까지
낳은 자식들이
몇이나 되는지

가장
늦둥이는 죽섬이고
그다음이 가우도고
그다음이 비래도지

지금 내 눈에는 띄지 않으나
까막섬이
고금도가 약산도가
다 강진만의 자식이지

어디 그것뿐이냐
신지도가 생일도가 금일도가
심지어 완도가

강진만의 자식인 게 분명하지

일 년에 한 번은 저희들끼리 만나
종친회를 열 것인데
거기에 가면 다 알 것인데
어데서 여는지 아는 사람이 없으니

자궁이 튼튼한 강진만이
이제까지
낳은 자식들이
몇이나 되는지

죽도와 가우도 그리고 나

서로 마주 보고 있는
저것들의 속내를 알려고 하는 내가
속이 없는 놈이지,
어처구니없는 놈이지

만덕산이,
금사봉이 지켜보고 있을 때만
저것들이 조신한 척하는지
원래 성품이 그런지

가우도와 죽도가 무슨 짓을 하든
내버려 둘 일이지
백련사, 다산초당 구실 삼아
나는 또 감시하려 드는지

나도 모르게
내 눈빛에 편승해 마실 나간 가우도에
가장 안절부절못한 것이 죽도이니

둘 사이가 심상치 않지

내가 뭘 어쨌다고
나만 보면
저놈의 죽도는 얼굴을 구기는지,
나는 오히려 자기에게 맘이 끌리는데

우리들의 관계가 삼각관계인가,
나는 죽도에 빠져 있고
죽도는 가우도에 빠져 있고
가우도는 나에게 빠져 있으니

서로 마주 보고 있는
저것들의 속내를 알려고 애가 닳은 내가
이상한 놈이지,
내가 속 보인 짓을 하고 있는 것이지

죽섬

한때 나를 눈독들인 죽섬이
무엇하러 강진만에 자주 오냐며
나에게 시비를 거는데
어떻게 대답해야 하나
이런 때를 대비하여
'사랑이 미움 되면' 이라는
노래 가사라도 잘 익혀 놓을 걸
내가 오는 거야
백련사 가는 길에 들른 거고,
다산초당 가는 길에 들른 거고,
늦봄문익환학교 가는 길에 들른 거고
이유야 많지만
상대가 앙심을 품고 트집을 잡는데
그것들은 다 식상한 대답이지
젊은 날, 내가 구애할 때는
거만하게 굴더니
눈길 한 번 안 주더니
나로 하여금 피눈물 나게 하더니

처자가 있는 나에게
이제 와서 어쩌란 말인가
조강지처 버리고
자기와 외도하잔 말인가
그게 아니라면
자기가 맘에 둔 가우도가
내게 한눈을 파니 질투가 난 거지
저게 가우도의 사랑을
독차지하고 싶어서 그런 거지
사실 저들과 나는
이루어질 수 없는 사랑인 것을,
저들이 침묵하지 않아도

가우도

내 눈빛에 담겨
마실 나간 적이 있는 가우도를
애써 피한 것은
잘못 되면 책임지어야 되기 때문이지
눈빛 마주치지 않으리라
마음 단단히 먹었는데
가을 바다에 뒤숭숭한 내 마음이
가우도와 또 눈이 마주치다니
지난여름 도라지꽃 무더기로 데리고
폐교마저 데리고
내 눈에 똬리 틀고 떠날 줄 몰라
애 많이 먹었지
제 발로 걸어 나갈 생각 않기에
더위 먹은 여름에 데려다 주느라
또 한 차례 발품을 팔아야 했지
말 많은 강진만에
파도들의 입방아에 올랐다 하면
죽어도 주워 담지 못하니

오해받을 일은 삼가야 하지
이제 가우도 출렁다리도 생겨
드나드는 사람들 많으니
내게 의존할 필요가 하나 없지
저것이 내게 뭔 맘을 먹었기에
나를 쳐다보는 눈빛이 저리 하염없는지
성가셔 죽겠는걸
저러다 병이라도 나면
좋은 구석 하나 없는 나 같은 놈을 다
눈독 들이다니

가우도 출렁다리

가우도가 팔을 뻗어
중저와
망호를 붙들고 있는 건지

중저와
망호가 팔을 뻗어
서로 가우도를 차지하려고 드는지

저러다가
가우도의 팔이 빠질까
걱정이 앞서는데

줄다리기하듯
힘주어 잡아당기다가
한쪽 손이 빠지면 큰일이 날 텐데

중저의 손이 빠지면
가우도와 망호가 함께

도암 쪽으로 넘어질 거고

망호의 손이 빠지면
가우도와 중저가
대구 쪽으로 넘어지겠지

가우도가 한가운데서
손이 빠지지 않게
잘 조종을 해야지

달빛슈퍼

- 시월의 마지막 밤에

고니 떼가
강진만에 신고식을 할 때가 되었는데
달빛슈퍼가 알려주지 않은 것 보면
아직 발 딛지 않은 게 분명하지
달빛슈퍼에게 미리 물어봤다가
자발없단 말 들을까 봐
물어볼 엄두를 못 냈는데
시월의 마지막 밤 핑계 삼아
달빛슈퍼 안부 물으면
고니 떼 소식 알려주겠지
설령 내 속이 다 들여다보여도
속 깊은 달빛슈퍼가
다 이해하고 넘어가겠지
요니의 바다, 강진만의 사관으로
자기를 인정해 준 나를
입방아에 올리진 않겠지
한두 해도 아니고 여러 해를
나를 겪은 달빛슈퍼가

내가 강진만 고니 떼에게
마음을 빼앗겼다고
질투 같은 건 않겠지
한때 내가 눈독 들인 죽도가
내가 강진만 고니 떼에게
마음을 빼앗긴 것에
눈살을 찌푸린 적이 있었지
지금은 죽도마저
내 마음을 다 이해하는 것을
달빛슈퍼 안부를 물으면
우리 모두를 하나로 묶어주는
강진만 고니 떼의 소식을 전해주겠지
시월의 마지막 밤, 내가 묻기도 전에

강진만 갈대밭에서

문단은 포기해도
문학은 포기하지 마라며
강진만 갈대들이
자꾸만 내게 눈빛을 보내는 것을

이것들이
어떻게 알았을까

진즉 문단을 포기하고
이제 문학마저
포기할 생각을 하는 내 마음을

뭐라고
얼굴에 쓰여 있다고

이제 문학에 대한 미련마저
떨쳐내려고
강진만을 찾은 내 마음을

다 읽었다고

아무리 떨쳐내려 해도
바닷물이 하루에 두 차례
자기들 가슴을 드나들듯
떨쳐내도 다시 돌아오는 것이
삶이라고

내가 표정 관리를
어떻게 하고 다니기에
이것들이
바로 내 속셈을 간파한단 말인가

내가 강진만과
은밀히 이야기 나눈 것을
도청한 것도 아니고
얼굴만으로 알아내다니

부조리하지 않는 삶이란
세상 어디에도 없다며
어깨를 활짝 펴고
당당하게 돌아가라고

문단은 포기해도
문학은 포기하지 마라며
나에게 각서라도 받아내겠다는 듯
강진만 갈대들이 윽박지르는 것을

백련사 동백 꽃봉오리

동백 꽃봉오리들이
다들 배가 부른 것은
누군가가
건드렸기 때문이지

저렇게 많은 동백 꽃봉오리를
혼자서
아니 몇이서
건드린다는 건 불가능한 것을

햇빛과 달빛은
마음이 맞지 않으나
달빛과 별빛은
마음이 맞는다 할지라도

도대체 누구일까
조신한
그 많은 동백 꽃봉오리를
일일이 다 건드린 이는

해월루

백련사에서 다산초당 가는 길에
구강포 바라보고 있는 해월루가
사람의 발길이 잦지 않아
외롭겠다 생각하지만 그게 아녀

달을 보여 주는 것이
본연의 임무인 해월루가
잠든 낮달을 깨워서는 안 되니
낮에는 활약을 안 할 뿐이지

낮에는 발길이 드물어도
밤이면 찾아오는 발길이 많지
백련사 만경루도
다산초당의 동암도 머무르다 가니

내가 그걸 어떻게 아느냐고
의심하는 이들이 많을 텐데
그거야 간단하지,

해월루의 눈빛에 쓰여 있는 것을

다른 사람들은
해월루의 눈빛을 못 읽어도
나는 읽을 수 있지,
그 방면으로 나는 도가 텄으니

어젯밤에는 죽섬이 가우도가
함께 어울리다 갔다고
해월루의 눈빛이 또 말해 주는 것을,
내가 묻지 않아도

* 해월루海月樓

옥련사 범종

강진에서 조신하기로 입소문 난
옥련사 범종이
중생제도만을 위하여
당목으로 제 몸을 때리는 것은 아니다

산 너머 백련사를,
들 건너 고성사를,
바다 건너 정수사를
한꺼번에 만날 수 있는 것이다

백련사 범종과,
고성사 범종과,
정수사 범종과,
옥련사 범종은 입장이 다르다

시국에 대하여,
중생제도에 대하여
의견 주고받고 다니지만

그들 사이에 뭔가 싹틀 것이다

입에 담아서는 안 되는
뒤에서도 말해서는 안 되는
생각만 하고
절대 발설해서는 안 되는

강진에서 조신하기로 입소문 난
옥련사 범종이
중생제도만을 위하여
이 땅에 온 것은 아니다

백조의 호수, 강진만

차이코프스키의
백조의 호수, 발레 공연이
강진만 갯벌에서
생방송되고 있는 것을

농사일 끝낸 강진이
발레 공연단을 초청한 건지
백조들이 위문공연을 온 건지
그건 구별하기 어려워

무대 조명에서
소품, 발레리나까지
자연산 아닌 것이
하나도 없어야

백조가 사람으로 변하는
장면이 없으니
마법사 올빼미도 등장하지 못하니

개작인 것을

입장료는 무료이고
객석은 원하는 대로
대부둑에 편하게 앉아
감상하면 되지

하루에도 몇 차례
실시간 방송되지만
발레리나인 백조들도 쉬어야 하니
밤에는 삼가는 게 낫지

다산초당 가는 길

오늘은 무슨 일로 초당에 가느냐고
굴동마을 초입의 갈대들이
내게 눈빛을 보내기에
적당히 얼버무리고 발길을 재촉하는데
저것들이 다 알고도 내숭을 떠는 것은 아닌지

무슨 일이긴 무슨 일이겠는가
계사년을 앞두고
내게 불어닥친 슬픔을 감당하기 어렵기에
슬픔의 대명사인 초당에게
위로 받으러 가는 것이지

일생을 두고
내가 떠맡아야 할 슬픔의 몫이 있다면
그 몫은 얼마나 되며
이제까지 감당한 슬픔을 제외하면
남은 슬픔은 얼마나 될까

살아보겠다고 대지를 움켜지고 있는
뿌리의 길을 피해
초당에 이르는 길이 없는 것이 아니지만
애써 이 길을 택한 것은
또 무슨 연유이냐

모든 것을 다 있는 그대로
이야기해서는 안 되는 게 삶인 것을
내 몫의 슬픔을 남에게 떠넘기려 하다니
나중에 들통날지라도
새해 인사를 앞당겨 왔다고 해야지

내 발자국 소리가
이미 초당에 도달해 인사를 드렸나
초당이 마중 나와 계시는 것을
직박구리와 함께
솔바람과 함께

오늘은 무슨 일로 초당에 왔냐고
초당이 묻지도 않겠지만
만에 하나 내게 물으면
슬픔을 덧나게 하는 말은
죽어도 입 밖에 내지 말아야지

만경루

다산초당 들르고
고사골마저 들르고
돌아가는 길, 백련사 초입 한길에
만경루가 나와 있어야

내가 다산초당 다녀가는 걸 어떻게 알고
백련사에 들르지 않고
그냥 가리라는 걸 어떻게 알고
길목을 지키고 있단 말인가

만경루의 저 큰 눈을 피해 가는 것도
어려운 일이지만
돌아가는 길에 들를 수도 있는 것을
들르지 않으려는 내 마음을 읽었다니

지켜보고 있는 만경루 앞에서
차를 돌릴 수도 없고
돌아가는 길에 들르려고 한 척

차를 백련사로 향할 수밖에

만경루의 저 큰 눈에서 내가 놀았나
귤동마을 갈대가 아니면
다산초당의 직박구리가 소문을 냈나
다들 입이 가벼워 가지고

만경루의 저 큰 눈을 피할 길이 없으니
다산초당 들른 길에
고사골마저 들르고
백련사마저 들러야지

* 만경루萬景樓 : 백련사에 딸린 누각樓閣이다.

백홍을 찾아서

– 고사골

고사골을 사냥개처럼 코를 킁킁거리며
다 뒤지고 다녀도
흔적을 찾을 수 없으니
암담할 수밖에

한 차례도 아니고
다산초당에 갈 때마다
활터인 고전동, 고사골을 다 뒤져도
찾을 수 없으니

조선왕조 오백 년에
가장 위대한
슬픔의 가계도를 입증하는데
백홍의 거처가 필요하거늘

대나무들이 뒤에 버티고 서서
뭐라뭐라 속삭이는데
통 알아들을 수 없으니

마음이 답답하지

고사골 들를 때마다
『청산남유록』 낳은 윤종환 어른의 후손인
운용 어르신 붙들고 늘어져도
답이 안 나오는 걸

고사골을 사냥개처럼 코를 쿵쿵거리며
이리저리 쏘다녀도
흔적이 보이지 않으니
참담할 수밖에

* 백홍(1796~?) : 조선 최초의 세례자 이승훈의 장남 이택규李宅逵의 자이
다. 다산 정약용의 외조카이기도 하다.

108

고사골

옛날에는 다산초당 만나러 가면
백련사마저 만나고 와야 속이 시원하였는데
이제는 고사골을 만나고 와야
속이 시원하니

오늘도 다산초당 만나고 가는 길에
그냥 서둘러 돌아가려 하다
고사골 만나러 가지 않을 수가 없으니
못 말리지

초당은 초당대로,
고사골은 고사골대로
나와 희로애락을 함께하니
어느 한쪽도 소홀히 하지 않을 수 없지

백련사는 만나러 오는 사람 많으니
나 같은 사람 안중에 두지도 않을 뿐만 아니라
다산초당 만나고 그냥 가도

신경 쓰지 않는 것을

무슨 급한 일이 있어
바로 돌아갈 수밖에 없을 때도
오해 사지 않아야 하기에
고사골은 반드시 만나야 하는 것을

그냥 갔다가는
금방 들통나고 마는 것을
고사골과 초당이
근년에 서로 왕래가 잦기에

옛날에는 다산초당 만나러 가면
백련사마저 만나고 와야 속이 후련하였는데
이제는 고사골을 만나고 와야
속이 후련하니

눈 내리는 고사골

매운 선비,
고사골이
눈발을 불러
뭔가를 타진하고 있다

사진仕進에
전혀 뜻이 없는 고사골이
마련한 한지로
무얼 남길까 생각에 잠겨 있다

신유사옥으로 망가진 이택규가
삶을 치유하도록
둥지를 마련해 준 고사골이
느슨해진 제 영혼의 잠을 깨우고 있다

소한, 대한 없으면 입춘도 없다는 걸
분명하게 터득한 고사골이
눈발을 불러

뭔가를 타진하고 있다

* 고사골高士洞 : 강진군 도암면 만덕리에 소재하고 있다.
* 이택규 : 자는 백홍이다. 조선 최초의 세례자 이승훈의 장남이다.

그리운 강진만

– 달빛슈퍼로부터 전화

보신각 종소리가 33번을 치는
임진년으로부터
바로 바통을 받은 계사년에
달빛슈퍼가 전화를 걸어왔다
죽섬이, 가우도가, 비래도가
갈대가, 백련사 동백꽃이
자꾸 나의 안부를 묻는다고 하는데
그것은 핑계에 불과하다
내가 강진만에 둥지 틀고 있는
자기들 빛내주느라
머리 싸매고 있는 줄도 모르고
잠시 소홀하니
내가 딴 데다 한눈파는 걸로 알고
달빛슈퍼가 총대를 멘 거다
나도 자존심 구기지 않으려고
고니 떼 핑계 삼아
달빛 슈퍼에게 전화를 건 적이 있기에
그 심리를 잘 안다
하루에 두 차례 어김없이 배가 불러지는

강진만이 낳은 죽도, 가우도, 비래도가
고니 떼가 그립기도 하지만
내 눈빛이 건드려 놓은
백련사 동백꽃이 배부를 때
겸사겸사, 얼굴 내미려는 이유도 있는데
그걸 눈치채지 못하고
나를 의심하고 있는 거다
나의 반신, 그리운 강진만에
둥지 튼 이들이 안부를 묻는다는
달빛슈퍼의 전화 한 통화만으로도
더 살아보고 싶은 마음이 나는 것을

제3부

겨울 무위사

명발당 가는 길

다산의 딸 혜련이 한때 둥지를 튼
명발당 가는 길에
고사골을 경유하는 것은
다산과 슬픔을 공유하고 싶기 때문이지

고사골의 백홍을 데려가고 싶어도
가슴에 복받치는 서러움을
털어 놔서는 안 되기에
다산은 데려가지 않았겠지

옹산을 만나러 가서
혜련을 만나는 것이
두물머리의
여유당을 만나는 것이나 다름없었으니

혜련의 눈빛 속에서
노을치마 보낸 아내의 모습을
두 아들 학연과 학유의 모습을

읽을 수 있었겠지

혜련을 자기 가까이 두는 것보다
애미 곁에 두어야 한다는 생각에
옹산을 부추겨
중앙으로 가라 했겠지

송학리 농어바위 월곶이 나루터에서
잠시 숨을 돌리는데
순찰 도는 기러기 떼가
어서 가라 재촉하는 것을

그 옛날 제 맘대로 하늘을 오고가는
하늘의 기러기를 보며
한때 더 살아보고 싶은 맘이 없었던
다산은 무슨 생각을 했을까

다산의 딸 혜련이 한때 둥지를 튼

명발당 가는 길에
다산이 지나간 길을 밟는 것은
다산과 슬픔을 공유하고 싶기 때문이지

가마

저녁놀에
기러기 나는
하늘 가마 바라보니
청자 하나 굽고 싶네

물레를 구를 필요도
문양을 새길 필요도 없는
흙으로 빚은
나

활활 타오르는
가을 산,
가마에
몸을 맡기면

내 영혼이라도
비취색 되어
걸어 나올 수 있겠지

명발당 다녀오는 길

효성스런 마음이 드러난다는
명발당 가는 길도, 다녀오는 길도
다산이 밟은 길을 고집하는 것은
나의 결벽증 때문인 것을

나이 들어도 몸이 튼튼한
나를 일깨우는 명발당이
나를 붙들고 놓아주지 아니하나
발길을 돌릴 수밖에

농산별업과 조석루 터를
옹산별업과 백학루 터를
먼 훗날 만나기로 기약한 것은
어둠이 빨리 오는 계절 탓이지

도암 하늘에 기러기 떼가
어디 갔다가 돌아오는데
하늘에 길이 있어

나처럼 갔던 길을 그대로 돌아오는지

학문을 하지 않으면 중도에 기운다는
명발당이 입양한 무학중사가
나의 뒤를 따라오는 것을
알고도 모른 척하는 이 재미는

효성스런 마음이 저절로 드러나는
명발당 가는 길도, 다녀오는 길도
다산이 밟은 길을 고집하는 것은
나의 결벽증 때문인 것을

* 무학중사無學中事 : 학문을 하지 않으면 중도에 기운다는 뜻이다. 명발당
  본체는 복원된 건물이고 좌편 뜰의 서재 무학중사無學中事는 1798년에
  건립되었다.

일속산방 가는 길

삼근계 가슴에 새긴
일속산방이
용운리 어딘가에 꼭꼭 숨어 있다가
얼마 전에 들켰지

유인으로 청복을 누린
일속산방 만나려면
두보, 한유, 소식, 육유는 끝내고
길을 떠나야 하는데

내가 이순의 강을
바로 코앞에 두었다고
조업, 조가, 류득인을 끝내는 것은
면제받을지라도

『아학편』도 끝내지 않은 내가
삼근계 가슴에 새긴 일속산방과
어깨를 나란히 하고 싶어 하니

이런 망발이

수미산이 마음대로 들랑거리는
일속산방이
용운리 어딘가에 꼭꼭 숨어 있다가
얼마 전에 들켰지

* 일속산방―粟山房 : 다산의 제자인 치원 황상이 거처하였던 곳으로 강진
  군 대구면 용운리 항동에 소재하고 있다. 치원 황상은 두보, 한유, 소식,
  육유를 끝내고 당나라의 조업, 조가, 류득인까지 끝냈다고 한다.
* 삼근계三勤戒 : 다산이 제자인 어린 날의 황상에게 준 면학문勉學文이다.
  첫째, 외우기를 빨리하면 재주만 믿고 공부를 게을리 하는 폐단이 있고
  둘째, 글재주가 좋은 사람은 속도는 빠르지만, 글이 부실하게 되는 폐해
  가 있으며 셋째, 이해가 빠른 사람은 한 번 깨친 것을 대충 넘기고 곱씹
  지 않으니 깊이가 없는 경향이 있다. 둔한데도 계속 열심히 하면 지혜
  가 쌓이고, 막혔다가 뚫리면 그 흐름이 성대해지며, 답답한데도 꾸준히
  하면 그 빛이 난다. 둔한 것이나 막힌 것이나 답답한 것이나 모두 부지
  런한 것으로 이겨내야 한다.

청자조각쌍사자두침

백수의 왕인 사자를
보디가드로 고용한 너는
누구의 잠자리를 지키기 위하여
세상에 태어났는가

왕인가,
문무백관인가

너를 베고
누울 누군가는
한세상 이루기 위하여
죄업을 쌓지는 않았는가

죄업이 없다면
백수百獸의 왕을
보디가드로 고용한 너를 택할
아무런 이유가 없는 거지

백성의 잠자리엔
보디가드가 필요 없으니,
문 열어 두어도
침입할 이가 없으니

제비

세상에 태어난 지
백 일도 안 된
김옥애문학관

건축 허가도,
지세도
내지 않고

현관 등에
보금자리 짓는
제비

대낮에도
함부로
문 여닫지 못하고

어둠 깊어도
현관

등도 못 켜고

까치발로
드나드는
주인

까다로운
상전
모시듯

군자서원

서원하면, 대원군의 서원철폐령이 얼굴 내미는데
지방 양반들이 서원을 거점으로
백성들을 토색질하고
지방관청에 피해를 준다는 이유였지

유항재 김양이 주벽이고
절효 김호광, 행정 김신광이 배위인 군자서원이
백성들을 토색질했을 리가
만무하지

다른 서원은 그러했는지 몰라도
이름이 군자인데
이름값을 위해서도
백성들 토색질 못하지

영국원종공신녹권, 행정사집강안, 행정사위토안,
봉상책, 행정사제향홀기, 행정사심원록,
족계좌목, 종계집강안이

두 눈 뜨고 지켜보고 있는데

제 잘못 없는 군자서원이
1868년 대원군의 서원철폐령으로 훼철되었다가
1959년 후손들에 의해 복건되어
지금의 삶은 덤이나 다름없는 것을

서원하면 도산서원이 으뜸이나
서원하면 군자서원이 으뜸이 되도록
이름값을 톡톡히 하도록
몸과 마음을 갈고 닦아야지

* 군자서원君子書院 : 작천면 군자리에 소재하고 있다.
* 토색질 : 돈이나 물건 따위를 억지로 달라고 하는 짓
* 훼철毀撤 : 부수어서 걷어치움.

눈 내리는 무위사

굳게 닫힌 선방의 문과는 달리
마음의 문은 다들 열어놓고 계시는지
초대하지 않아도,
초대받지 않아도
두리번거리며 내리는 눈발은
누굴 찾아 먼 길 오신 건가
아미타불 팽나무의 품에 안긴
까치는 눈발에도 기죽지 않고
내게 시비 거는 것을
무엇이 시비가 아니라
인사성이 밝은 것이라고,
내가 통역을 잘못하고 있다고
극락보전 아마타삼존불은
장좌불와로 일관하시나
영육이 따로 하여
몸은 장좌불와여도
마음은 어디 으슥한 데 가서
편히 주무시고 계실 수도 있지

문구멍으로 들여다볼 수 없는 것은
그놈의 체면 때문이나
극락보전 아미타삼존불도
중생들 눈치 볼 필요 없이
드러누워 쉴 때는 쉬어야지
두리번거리며 내리는
예사롭지 않은 저 눈발과 나는
지금 헤어지면
언제 무엇이 되어 다시 만나랴

정수사

그 옛날 도공들의 마음을 가장 잘 읽은 이가
천태산 정수사였지
도공들에게 털어놓으라 하지 않아도
도공들이 스스로 털어놓은 것을

대웅전 목조삼세불좌상은
비색의 비밀도 다 알고 계실 것이여
진즉 누군가가 물었더라면
가르쳐 줄 수도 있었을 텐데

지금은 가르쳐 줘 봤자 소용없게 되었지
이미 알아버렸으니
묻지 않기에, 원하지 않기에
입을 봉하고 계셨을 뿐

왜란 때 가까스로 살아남아
기진맥진하더니
옛 영광을 거의 다 되찾아가는

정수사, 장하다고 하면 결례가 되나

영광을 되찾는 데 동분서주한
수현 주지 스님을
정수사는 잊지 못하겠지,
꺼져가는 불씨 되살려 놓았으니

이제는 도공들의 마음 가장 잘 읽는 이가
주지 수현 스님이지
대웅전 목조삼세불좌상에게
다 전수받았으니

옴천사

토하젓 냄새에 나뭇잎도 풀잎도
코를 킁킁거리고
입맛을 다시는데
지장보살님은 끄떡없는 거 있지

고불전古佛殿 16나한 거느린 석조여래좌상은
얼굴 들이미는 중생들에게
흐트러진 모습 보이지 않으려
옴짝달싹 않고 계시는 것을

서로 시세우지 않기에
서로 나서지 않기에
질서를 유지하는 천불전의 불상들은
요령 피울 생각이 눈곱만큼도 없고

전각 앞의 약사여래불은
만병통치약이 담긴
약병을 한 손으로 받들고

뭔가를 머리에 이고 계시는 것을

일사분란하게 서 있는
이천육백 개가 넘는 돌탑들,
이곳을 찾은 중생들은
그 무슨 비원이 그리 많은지

토하젓 냄새에 나뭇잎도 풀잎도
코를 킁킁거리고
입맛을 다시는데
미륵보살은 끄떡없는 거 있지

눈 내리는 옴천사

옴천사에 내리는 눈발들은
막무가내 뛰어내리다
우연히
옴천사에 착지한 것이 아니다

지상을 시찰하듯 하늘을 떠다니던 시절
어디에 착지할 것인가
다 봐 두었다가
옴천사에 착지한 것이다

선각산문 봉운정암 대종사가
십사 년 동안 쌓아놓은
옴천사 이천육백 개의 돌탑에
매료된 것이다

봉운정암 대종사도
그저 돌탑을 쌓은 게 아니라
위법구망하는 구름들에게

뭔가 보이고 싶었던 것이다

중생들의 비원으로
자연산 돌들이 부동화이한
돌탑들에게 뭔가를 배우라고
계속 쌓고 있는 것이다

옴천사에 내리는 눈발들은
길 잃고 헤매이다가
우연히
옴천사에 착지한 것이 아니다

남미륵사

예수님이 죽은 지 사흘 만에 부활한 일이나
예수님이 죽은 나자로를 살려낸 일이나
두 눈으로 확인할 수 없으니
성경에게나 들을 수밖에

위법구망, 법을 구하기 위하여
뛰어내린 이를 받아준
손바닥 이야기도
절간의 벽화에게나 들을 수밖에

화성까지 탐사하는 세상에
스티브 잡스가
세상의 패러다임을 바꿔 놓은 세상에
눈으로 확인할 수 있는 기적은 없나

그런 기적이 우리 가까이에 있지
자이언트 불상에다
오백나한, 만불전, 잘 생긴 불탑들을

남미륵사가 낳은 것을

배 한 번 아프지 않고
좌우간 대불사를 이루었으니
가방끈 긴 놈들도
집 한 채 짓기가 어려운데

중생들 위하여
돈 쓰는 것은 또 어떻고
아낄 생각이라곤 전혀 않으니
화수분이라도 어디에 숨겨 놓았나

고향 떠났다 어느 날 돌아와 보니
하늘에서 내려왔나, 땅에서 솟았나
세계불교 미륵대종 총본산, 남미륵사가
풍동에 당당하게 서 있는 것을

화방산 큰바위얼굴

화방산 큰바위얼굴이
꼼짝달싹 않고 있는 것은
인간에게 권선징악을 가르치려는
이유에서라지

탁발승 문전박대했다가
해코지 당한 이야기가
탐욕을 벌하는 이야기로
몸 바뀐 것이지

고을마다
엇비슷한 이야기를
한두 번 들어본 것이 아니니
눈치챘겠지

탐욕이 인간을 망치기에
주여, 우리를
시험에 들지 않게 하소서란 말이

실감나나 내 생각은 다른 걸

화방산 큰바위얼굴이
꼼짝달싹 않고 있는 것은
권선징악을 가르치기 위해서도 이지만
다리가 없기 때문이지

다리가 없으니
마실 나가고 싶어도
한 발자국도 나가지 못하지
굴러갔다간 어딘가에 처박히지

추억의 두부다리

연화동 외갓집 가는 길의
두부다리는
나에게 추억이 서 말 닷 되이지,
그 누가 뭐래도

두부다리를 건너야만
연화동 외갓집 가는 맛이 나기에
그 맛을 보러 찾아왔는데
두부다리가 나를 맞이하지 않으니

사십여 년의
시간의 벽을 뛰어넘어 찾아왔다고 해서
불인의 시간이 나를 봐줄 리 있나,
소박당할 수밖에

갯벌을 이미 점령해 버린
푸른 제복을 입은 갈대들이,
공중에서 뭔가 노리고 있는 새매가

나를 기죽이는 것을

점령군인 갈대들이 길을 막아
두부다리를 건너지 못하면
둑에 앉아
눈빛으로라도 건너고 싶은데

몇 차례 들 가운데 밭에서
눈치껏 캐 먹은 무값 갚는 길은 또
누구하고 상의하나
두부다리가 얼굴 내밀지 않으니

* 두부다리 : 목리 다리 건너 대부둑을 따라 연화동 가는 길에 있었다. 모양
  이 네모반듯하여 두부다리라 불렀다. 물이 들면 사라지는 징검다리였다.

연화동 외갓집 앞 우물

군동과 칠량의 경계 근처 송산교회
길 건너에
외조부모 성묘 다녀오는 길
나의 발길이 옛 연화동 외갓집 가보자고
조르는 거 있지

못 이긴 척 따라간
다른 사람의 품에 넘어간 외갓집 앞에서
서성이는 나를 알아보는 이는
나이가 한참 든
외갓집 앞 우물이여

할머니 담뱃대 봉초 심부름 다닌
문지방 밟아 삼촌에게 혼쭐난
병아리를 훔친 솔개에 놀란 나의 유년을
우물이 기억하니
감동하지 않을 수 없지

외갓집이 옆구리에 낀
미나리 방죽 어디론가 떠나가고
나를 반기던 감나무를,
외양간을, 닭장을 만날 수 없는 것이
서운치 않다면 거짓말이지

나의 유년을 기억하는
우물이 있어 위로가 되기도 하나
우물이 녹내장을 앓고 있으니
오히려 위로해 주라고
나의 발길이 나를 닦달하는 거 있지

* 연화동으로 이주하기 전 나의 외가는 치원 황상의 일속산방이 둥지를 튼
  대구면 용운리 항골 당산나무 근처 은행나무 집이다. 외조부가 그 집을
  지었고 어머니가 그곳에서 태어났다.

세심정에서

마음을 씻고 말 것도
없는 것을

강진만 바라보며 서 있기만 해도
주작과 덕룡과 눈 마주치기만 해도
탁한 마음이
저절로 씻기는 것을

하루에 두 차례 드나드는
구강포 바닷물이 오며가며
육신의 떼를 씻는 것을
눈치채기가 쉬운 일은 아나나

마음도 눈빛이 오며가며
하루에 두 차례가 아니라
몇 차례든 오며가며
소낙비 온 뒤 하늘처럼 씻기는 것을

바다의 엄지인 비래도와
강진이란 소의 멍에인 가우도와
눈 마주치기만 해도
마음이 씻기는 것을

마음을 씻고 말 것도 없이
잠시 서 있다만 가도

운이 좋으면
마음에 무지개도 뜨는 것을

* 세심정洗心亭 : 강진만의 아름다운 경관을 조망할 수 있는 바닷가 언덕에
  위치하고 있다. (강진에서 마량 가는 국도 23번 길)

옛날 옛적이 불쑥 얼굴 내미니

말집에 수말이
스스로 외로움을 달래고 있는데
모래 뿌리고 달아난
옛날 옛적이 불쑥 얼굴 내미니
웃음이 나올 수밖에

명사십리에 민박한 별들이
서로 외로움을 달래고 있는데
모래 뿌리고 달아난
옛날 옛적이 불쑥 얼굴 내미니
웃음이 나올 수밖에

앞자리에 여선생이
뭔 일 있냐며,
좋은 일 있으면 같이 웃자는데
무슨 일인지 말도 못하고
혼자 웃을 수밖에

제4부

풍차와 하멜

강진시문학파기념관

순수서정이라는 기표 아래
아홉 마리의 용이 뜻을 함께한
강진시문학파기념관은
구룡연九龍淵 틀림없지

아홉 마리의 용이
여의주 대신에
자모의 펜을
입에 물고 있는 것을 봐

날개 없이도 하늘 날 수 있는
아홉 마리의 용이
원고지에 사로잡혀
어디 떠날 생각 않는 것을

한때 다들 자신의 하늘을
당당히 난 아홉 마리의 용이
강진시문학파기념관에

다시 모이다니

순수서정이라는 기표 아래
아홉 마리의 용이 뜻을 함께한
강진시문학파기념관은
구룡연九龍淵 분명하지

무위사극락전내벽사면벽화보존각

너무 소중한 것은
지니고 있기가 겁이 나는 것을
그래서 무소유가
최고인지도 모르지

─삼존불화, 아미타래영도,
오불도 두 점, 보살도 다섯 점,
주악비천도 여섯 점, 연화당초향로도 일곱 점,
보상모란문도 다섯 점, 당초문도 한 점

다 이해하기도 어려운 보물들이
보통 사람에겐 짐이 되어
몸 둘 바 모를 텐데
저리 당당하게 서 있다니

피할 수 없으면 즐긴다는 경구를
실천이라도 하듯
보란 듯이 서 있는 것은

극락보전이 뒤에 버티고 있기 때문이나

너무 소중한 것은
지니고 있기 무서운 것을
그래서 무소유가
최고인지도 모르지

다산유물전시관

조선에서 가장 책 욕심이 많은
다산이 남긴
유물을 정리하는 것이
쉬운 일이 아니지

다산이 이룬 일이
몇 십 가지가 아니라
몇 백 가지니
그게 어디 쉬운 일이냐고

책 욕심만 있는 게 아니고
이용후생이 낳은
기중기는 배다리는
또 마과회통은 어떻고

다산이 남긴
발자취를 들여다보는 것만으로도
한 생으로

부족할 수 있지

조선에서 가장 책 욕심이 많은
다산이 남긴
유물을 정리하는 것이
쉬운 일이 아니지

다산실학연구원

조선의 레오나르도 다빈치인
다산의 저작을
적당히 가지고 놀아선 안 되지,
들이파야지

들이판 몇 사람이
자기들만 누려서는 안 되고
대중들에게 널리 보급하여
깨달음을 얻도록 해야지

이용후생, 실사구시
입으로만 떠들지 말고
세상을 업그레이드하는 데
제대로 써먹을 수 있도록

다산의 생각을 계승하되
그대로 답습하지 말고
새로운 버전으로

발전하도록 애쓰면 그보다 좋을 수가

조선의 레오나르도 다빈치인
다산의 저작을
적당히 가지고 놀아선 안 되지,
붙들고 늘어져야지

청자박물관

세상으로 출가한 청자들이
돌아가야 할 고향이 있다면
그게 바로
그대 품이 아니겠나

돌아오지 못한
청자들이
세상 곳곳에서 큰일하느라
수고들 아끼지 않고 있지

고려 이후 끊어진
청자 비색의 비밀을
다 간직하고 있는 게
바로 그대라고

청자가 태어나는 과정을
그대로 보여주는
가마터의 발굴은 물론이고

사금파리 하나도 천대하지 않지

세상으로 출가한 청자들이
돌아가야 할 고향이 있다면
그게 바로
그대 품이 아니겠나

병영성

민초들의 피와 땀과 눈물의
수위가 지나치게 높아지면
보는 무너지고
피와 땀과 눈물이
눈앞에 보이는 것을 싹 쓸어가지

민초들의
피와 땀과 눈물의 대변자인
동학군의 말발굽에 치여
병영성이 불타던 때가
언제였던가

옛 모습을
그대로 되찾을 수는 없어도
무에서 유를 창조하듯
다시 이 자리에 돌아오기까지
여러 세대가 흐른 것을

부끄러운 역사의 뼈아픈 교훈을
배우지 못한다면
또다시 불타지 마란 법이
없다는 것을
가슴에 새기고 새겨야지

민초들의 피와 땀과 눈물의
수위가 지나치게 높아지면
보는 무너지고
피와 땀과 눈물이
눈앞에 것을 무엇이든 싹 쓸어가지

하멜기념관

은둔의 나라,
조선을 세상에 알린
하멜표류기 하나만으로도
하멜의 공로를 그릴 만하지

제주에 표류하여
조선 땅 병영에서
곤혹스러운, 난감한, 비천한
세월을 다 보냈지

큰 골목 빗살무늬 돌담에
하멜과 그의 동료들의
한숨이
아직도 지워지지 않고 있는 것을

저 성동리 은행나무가
하멜의 하소연을
다 들어주었지,

그의 고향 호르쿰을 그리워하는

은자의 나라,
조선을 세상에 알린
하멜표류기 하나만으로도
하멜의 공로를 그릴 만하지

강진군립도서관

연방죽 자리인 우체국 앞으로
둥지를 옮기기 전에
경찰서가 어깨를 쭉 뻗으면
닿을 정도인 곳에 그대는 있었지

무슨 광산에서 선물했다는
현대식 건물로 변신하기 전에
그대는 연못도 지니고
호두나무도 지녔지

삶이 나를 매정하게 팽개친
혹독한 그 시절, 나의 사춘기는
사르트르와 펄 벅을
그대 품에서 만난 것을

너무 오래전 일이라
그대는 나를 기억하지 못하여도
나의 사춘기는

그대에게 빚진 것이 많지

지금도 이따금 빚을 지고 있지
든든한 그대가 있기에
나는 당당하게 버틸 수 있지,
날아온 돌들에게 떠밀리지 않고

강진자비원

1952년에 태어나
어느덧
환갑을 맞이한 강진 자비원이
생각에 잠겨 있다

전쟁고아 사십이 명으로 시작한
질곡의 세월에
잔주름과 흰머리가
마음까지 점령한 것을

들꽃 같은 아이들과
생사를 같이한
육십여 년의 세월이
마음을 착잡하게 한다

아이들을 더 배불리 먹여야 했는데,
잠자리를 더 편하게 해줘야 했는데
아이들이

서운치 않았는지

주님의 말씀을
그대로 따랐음에도
부족함이 있었으리라는 생각에
고개를 숙인다

제5부

사의재

미망

– 강진전도관

내가 강진극장 앞에 살 때
그러니까 내가 여섯 살 먹었을 때
지금은 한국천부교회로 개명을 한
강진전도관이 나에게 다가왔다

강진극장 앞에서 놀고 있는 나에게
교회 안 가면 지옥에 간다며
전봇대에 꽁꽁 묶어 분다고
겁을 잔뜩 줬다

회당의 종탑에 비둘기가
어디로 날아갈 것인가
생각에 잠겨 있는 강진전도관이
극장 앞까지 나를 전도하러 나온 것이다

예수님 얼굴을 한 번이라도 보고보고 싶으나
삭개오는 키가 작아 볼 수 없어
뽕나무 위로 올라갔다는 노래를

강진전도관이 나를 데려다 가르쳤다

반세기도 더 전부터 날아와 앉아 있던
비둘기는 날아가지 않고
여태 그 자리에 있는 것을,
몸뚱이는 영 볼품없이 여위었어도

신앙촌으로 알려진
지금은 한국천부교회로 개명을 한
강진전도관 덕에
삭개오 이야기 지금도 내 가슴에 남아 있다

미망

- 일흥상회

우리 집이 갈 길이 어려울 때마다
앞에서 손 잡아주고
뒤에서 밀어준 이가
일흥상회이지

젊은 날 보부상으로
전국방방곡곡을 떠돌았을 아버지가
강진에 정착하도록 해준 이가
일흥상회라고

강진 극장 건너편에 둥지 틀었다가
영랑·현구 기념관 자리
정진이 집에 살게 된 내 유년이
일흥상회 안집으로 이사를 갔지

대문 앞에
호랑가시나무가 보초를 서고 있는
앵두나무와 무화과나무가 나를 시험하는

마당 넓은 집에 다섯 가구가 살았지

생각이 깊은 동진이 형이
연자 누나가
키 작은 나를
친동생 이상으로 대해 주었지

마당 좁은 집으로 둥지가 바뀐 뒤에
아버지 길에서 잃은
편모슬하의 내 사춘기도
일흥상회가 종종 돌봐주었지

그리운 동진이 형,
연자 누나
이제 손자 볼 나이가
훨씬 지났을 텐데

우리 집이 갈 길이 어려울 때마다

앞에서 끌어주고
뒤에서 밀어준 이가
일흥상회이지

* 일흥상회 : 지금의 대흥상회가 일흥상회이다.
* 일흥상회 안집 : 대문 앞에 호랑가시나무가 있던 일흥상회 안집은 도로
  가 나 이제는 사라졌다. 일흥상회 안집 뒷집이 바로 비장네 집, 소죽 김
  현장 선생님 댁이었다.

미망

- 아침형 인간, 모모

일찍 일어나는 새가 벌레를 잡는다는 것을
일찍 깨달은 친구가
아침이면 순찰하듯 시장을 한 바퀴 돌았다
그것도 고개를 숙인 채

하는 짓이 영감탱이인
그 친구를 생각하면
그 친구의 모습이 그대로 떠오르는데
아침형 인간이었다

고성골 방죽에 멱감으로 다닐 때
자연산 포경이어
아이들의 놀림감이 되기도 했다
사실 그게 좋은 건데

중학교에 한 해 늦게 들어가
생의 쓴 맛을 일찍 본 그 친구는
속이 알차게 들어

생의 한순간도 헛되이 보내지 않았다

김학기의 삼위일체와 놀았는지
안현필의 영어실력기초와 놀았는지
it's 와 its 를 가지고
나를 시험한 적이 있다

대학 다닐 때
딱 한 번 얼굴 마주쳤는데
모대학 경제학과를 다니고 있었다
영어와 동고동락하며

아침형 인간인 이 친구는
은행원으로 시작하여
지점장까지 지냈는데
은퇴 후 어디에서 고개를 숙이고 다니는지

나의 곡간엔 시만 있고

돈이 없어 사람 구실 제대로 못하는데
뒤늦게라도
그의 조언을 듣고 싶구만

아침에 시장 한 바퀴 돌 때
나도 좀 데리고 다니지
그랬으면 저녁형 거시기가 아닌
아침형 거시기로 나도 알차게 살 것을

미망

– 일성상회

옛 모란다방 근처 하나로 식당에서 점심 때우다가 그 자리가 일성상회인 걸 알았다. 초등학교 다닐 때 일성상회와 중앙초등학교 정문 앞 가나다 만화집인가, 코주부 만화집인가에서 만화책에 파묻혀 살았다. 나는 글자가 많은 박종래의 전설따라 삼천리식 만화와 향수의 투견 만화를 좋아했는데 일성상회는 무얼 좋아했더라. 내 호주머니가 허전할 때 호주머니가 빵빵한 일성상회가 몇 차례 만화를 보여 주었다. 궁핍한 시대에 신세진 만화 빚 갚아야 하는데 일성상회는 지금 어디에서 무얼 하고 있을까. 그때 그 시절 내가 만화책과 진탕 나게 어울렸기에 글자에 질리지 않고 이날 이때까지 버티고 있는 것을. 돈은 안 되지만 내가 전업시인이 된 것도 일성상회가 일조한 것을. 일성상회 소식 아는 사람 있으면 누가 나에게 귀띔해 주면 좋으련만. 기어코 찾아내어 만화 빚 갚아야 지상을 떠날 때 맘이 편한 것을.

미망
– 가치의 고저강약의 법칙

교직 생활 삼십 년 동안
내가 아이들에게 풀어먹은 말들 중
가장 많이 풀어먹은 말은
배부른 소크라테스론과
하르트만의 가치의 고저강약의 법칙이다
오르페우스의 후예가 되는 꿈을 꾸기 전에
한때 지혜를 사랑한 내가
철학자가 되는 꿈을 접어야 했던 것은
최명관의 철학개론 첫 쪽에서
파스칼이 철학이란 철학을 우습게 여기는 것이란 말에
철학자가 되었다간 세상이 날 우습게 여길 것으로
오해한 데 기인한다
배부른 소크라테스론은
배부른 돼지가 되기보다는 배고픈 소크라테스가
되라는
말의 돌연변이임을
눈이 밝지 않은 독자도 알 것이다
문제는 하르트만의 가치의 고저강약의 법칙이다

교양과정 '철학개론' 시간에 만난
하르트만의 '가치의 고저강약의 법칙'에
반하지 않을 수 없었으니
코카콜라와 설탕물은 강하게 다가오나
저가치에 속하고
맹물은 약하게 다가오나
고가치에 속한다는 것이다
내가 아이들에게 뱉은 말을 생각하지 않고 살았는데
나를 생각하는 아이들에겐
배부른 소크라테스론과
하르트만의 가치의 고저강약의 법칙이 떠오른다
나도 하르트만의 가치의 고저강약의 법칙을 만나게
해 준
조희영 교수를 떨쳐버리지 못하듯
우리 아이들도 나를 떨쳐버리지 못하는 것이다

미망

– 토마스 아퀴나스 교장 수녀님

토마스 아퀴나스 하면 『신학대전』인데
남자이며 중세 사람인데
토마스 아퀴나스 교장 수녀님이
남자 성인을 영세명으로 택한 것은
그분을 본받고 싶었기 때문이 아니었을까

신 자체에 대한 문제, 신과 인간의 문제
신과 세계의 문제 등을 다루고 있는
『신학대전』 낳은 토마스 아퀴나스를
한때 꿈꾸었을 수녀님이
금릉중학교를 입양하여 오늘에 이르렀으니

교훈은 '하느님과 나라를 위하여'
교화는 마아가렛인
성요셉금릉여자중학교를 시작으로
성요셉여자고등학교로 살아남은
여성교육의 살아 있는 역사가 수녀님이었지

어지간한 강진 사람들보다
더 오랜 세월을 강진에 뿌리박은
본명이 메리 아그네스인
토마스 아퀴나스 교장 수녀님을
우두봉과 구강포 마저 그리워하니

정년한 뒤 광주 씨튼 수녀회 고문서실에서
수도회의 역사를 정리하시다가
펜실베니아 그린스버그 미국 모원 휴가 중
암이 발생한 것을 알고 치료 받았으나
악화되어 선종하셨다 한다

양노린 수녀님, 간 신부님과 함께
금릉의 하늘 아래 성요셉의 딸들에게
아낌없는 사랑을 주셨던
토마스 아퀴나스 교장 수녀님
몸은 모원 묘지에 마음은 강진에 계시지 않을까

미망

- 양노린 수녀님

배우지 못한 부모 밑에서
유·소년 시절 그리 잘 나가지 않았던 이유로
강진에 오래 붙어 있었기에
성요셉 여자중학교의 영어교과서가
탐 앤드 쥬디인 것을 나는 안다

교장 수녀님, 토마스 아퀴나스의 본명이
메리 아그네스인 것도
또 다른 수녀님의 이름이 양노린인 것도
성당에 크리스마스 때만 나갔어도
성요셉 앨범이 가르쳐 줘서 안다

제15회 김용근 민족교육상 수상자
양노린 수녀님,
오랫동안 기억의 창고에 갇혀 있었던 이름을
역사학자 김용근 선생을 인터넷으로 찾아 헤매다가
사진과 함께 만났다

−강진에 대한 기억 중에 힘들었던 기억은 없다.
항상 강진의 딸들이 옆에 있어 행복했던 기억뿐이다.
몸은 강진을 떠나 있지만
아직도 성요셉 졸업생과 재학생들을 위해
매일 기도를 하면서 마음은 항상 강진에 남아 있다.

성요셉의 딸들이면 누구나 그리워할
세상의 빛과 소금인 씨튼 수녀회의 노수녀님이
사십여 년을 봉직하시고
노환으로 수녀원에서 요양하시다가 선종한 것을
뒤늦게 알았다

성요셉 앨범이 가르쳐 준 것 이외에도
강진시장 사람들의 입에서도
강진성당 신도들의 입에서도 회자하던
양노린 수녀님,
별이 되어 밤마다 강진을 찾아오실 것이다

미망

– 간다윗 신부님

내후년에 환갑인 내가
세상에 태어나기도 전에 한국에 오신
간다윗 신부님을
강진의 옛사람들은 이름은 몰라도 얼굴은 기억할 것
이다

칼 샌드버그가 노래한 시카고에서 태어나
성 골롬반 외방선교회 신부로
전후 궁핍한 시대에 한국에 와
반세기 동안 복음의 씨를 뿌렸으니,
한국에서도 강진에다가 가장 많이

양노린 수녀님,
토마스 아퀴나스 수녀님 다음으로
청잣빛 하늘 아래
숨결을 가장 많이 더한 파란 눈의 사람이
David Sheehan, 간다윗 신부님이다

1964년 강진성당에 짐을 푼 이래
14년간 신도들의 정신의 지주가 된
성인 신부라 불리워도 부족함이 없는
간다윗 신부님의 헌신을
강진성당 신도들은 죽어도 잊지 못한다

십 년도 아니고
삼십 년도 아니고 반세기를
복음의 씨를 힘닿는 데까지 다 뿌리고
고향 시카고의 품에 안겨 선종하셨다는데,
머리를 한국 쪽으로 두고

내후년에 환갑인 내가
세상에 얼굴 내밀기도 전에 한국에 오신
간다윗 신부님을
강진의 옛사람들은 이름은 몰라도 얼굴은 생각날 것
이다

웃음엣소리

– 명퇴 이후

자나 깨나 구름밭을 일구느라
남은 생을 올인하고 있는데
실속이 없으니
죽을 맛이다

제 할 일도 다 감당하지 못하는
진흙소인 해에게
자문을 구할 수도 없고

해가 자문을 자청한다 하더라도
쳐다볼 수도
가까이 할 수도 없는 놈에게
무얼 기대하겠는가

별들은 어둠 속에서
팔짱 끼고 있는 것 같아도
잠시도 나의 행동을 놓치지 않고
감시하고

변신의 달인인 저 달은
누구 편인지
분간할 수 없는 것을

지금 실속이 전혀 없어도
구름밭을 일구다 보면
갈증 난 영혼을 구제할
빗방울 같은 시를 낳을 날이 올까

웃음엣소리

– 기차에는 안전벨트가 없다

법을 따르는 것을 생명처럼 여기는
몸에 안 좋은 것은 절대 입에 안 대는
시골 양반이
KTX 철마를 처음 탔다

좌석에 앉자마자
안전벨트를 찾는데
이리 봐도 저리 봐도
안전벨트가 얼굴을 안 내민다

시골 양반이 알기로
안전벨트를 안 매다가는
벌금 50만 원을 물어야 하는데
안전벨트가 도무지 얼굴을 안 내민다

양치질하려고
화장실을 가까스로 찾았는데
수도꼭지 손잡이 역시 얼굴을

내밀지 않는다

당황한 시골 양반이 자리에 돌아와
속으로 끙끙 앓다가
지나가는 여자 승무원을 불러 세우고
귓속말로 물었다

"어이, 차장
이 차는 안전벨트 하고
수도꼭지 손잡이는
어디로 숨어 부렀단가"

기차에는 안전벨트가 없는 것을
KTX 철마의 수도꼭지 손잡이는
하단의 페달이 대신하는 줄을
누가 안 가르쳐 줬으니 모를 수밖에

모르는 것은 언제든 당당하게 묻고

몰랐다 해서 창피하게 생각하지 않는
시골양반이 KTX 철마 승마법을
시골에 가서 알려주게 된 계기가 되었다

웃음엣소리

– 강진사람

시끄테,
버버리깎음,
배들이,
자래부리 모르면
강진사람 아니지

깐치내재,
도라배기재,
풀치재,
하뱅이재 몰라도
강진사람 아니지

사라진
연방죽,
하무장,
영포방죽 모르는 건
그냥 넘어가 줘도

죽섬,
가우도,
비래도,
까막섬 모르면
강진사람 아니지

* 이 시에서 강진사람은 강진읍 사람을 가리킨다.

웃음엣소리

- 북산 기차바위

북산 기차바위의 객실은 몇 칸이지?

북산 기차바위의 기관사가 누구이지?

북산 기차바위의 승무원은 누구이지?

북산 기차바위의 승객은 누구이지?

북산 기차바위의 목적지는 어디이지?

-그것도 몰라
그것도 몰라

-기차바위의 객실은
기관실과 식당칸을 제외하고
11칸이지

-기관사는

강진 군수

–승무원은
읍·면장

–승객은
강진군민

–목적지는
부동화이

–무사고를 모토로
잘도 달리지

웃음엣소리

– 새강이, 백서방, 중렬이 그리고 유치댁

누가 이 사람을 모르시나요
눈은 움푹 들어가고 말랐지만
전쟁이 아니었다면
뭔가 세상을 위해
한몫했을 선한 눈빛의
새강이를

누가 이 사람을 모르시나요
주역의 바다에 빠져
삶을 일찍 깨우친
무엇에도 매이지 않고
비루한 삶들의 벗이 되어준
백서방을

누가 이 사람을 모르시나요
기형의 손과 어깨로
강진읍 터미널 근처를 주름잡은
씻기만 하면

이목구비 누구보다 반듯할
중렬이를

누가 이 사람을 모르시나요
강진의 부잣집을 잡일로 전전하다가
목포로 갔는데
유달산 어딘가에서
북으로 무전을 치다 잡혔다는 소문의
유치댁을

* 이 시는 '누가 이 사람을 모르시나요'라는 노래의 제목을 차용하였다.
* 강진읍의 어르신들은 새강이, 백서방, 중렬이 그리고 유치댁을 기억한
  다. 恨많은 세상을 살다간 그들의 영혼이 하늘에서는 구원받았으면 한
  다. 중렬이란 사람의 이름은 명확하지 않으나 가운데 이름이 '중'인 것
  은 확실하다. 중렬이란 분은 일제강점기 때 징용 가 고문을 당해 신체
  가 그리됐다 한다.

웃음엣소리
– 초상화

일제강점기 때 일본에서
서양화 마치고 돌아온 화가에게
돈이 남아도는 어느 유지가
초상화를 부탁했대

어떤 초상화를 낳았을지는
나폴레옹의 초상화나
모나리자의 초상화를 생각하면
금방 답이 나올 거여

집안 간에
가까운 사이인지라
밤잠도 멀리하고
초상화를 그려 가져갔대

그림을 받아든 유지가
그림을 공으로 먹어 불려고 그랬던가,
이것도 그림이냐고

큰소릴 쳤대

잔뜩 화가 난 화가가
바로 그 자리에서
그림을 찢겠다며
그림을 당장 되돌려 달라했대

자네가 애써 낳은 그림을
찢을 수는 없지,
유지가 화가에게
돈을 한 주먹 쥐어줬대

강진의 옛사람들은
누구나 다 아는 이야기이나
지금 사람들은 모르는 이야기지,
믿거나 말거나

웃음엣소리

– 강진한정식

해태식당,
명동식당만 이야기하면
다른 데 한정식 식당이
그럼 우리는 뭐냐고 들고 일어날 것 같아야

병영에 설성식당도, 용바우골식당도
왜 우리는 한정식에 끼지 못하냐고
나의 멱살을 잡을 것 같으니
조심해서 접근해야지

강진한정식의 원조는
해태식당인 게 분명하지만
바로 코앞에
명동식당이 보란 듯이 있는 것을

강진만한정식은
강진의 명품, 명인인
청자, 다산, 영랑이

200

4인 기준 식단 가격표에 출연하는 것을

경찰서 아래 남문식당,
강진종합운동장 옆 청자골종가집,
아트홀 근처 예향,
남도탕 앞 은행나무,
도서관 옆 다강한정식도 만만치 않는 것을

해태식당,
명동식당만 이야기하면
다른 데 한정식식당이 들고 일어나
나의 귀빰을 때릴 것 같아야

* 해태식당(061-434-2486), 명동식당(061-433-2147), 강진만한정식
(061-433-0234), 청자골종가집(061-433-1100), 남문식당(061-434-
1012), 예향(061-433-5777), 은행나무(061-433-2366), 다강한정식
(061-433-3737), 설성식당(061-433-1282), 용바우골식당(061-434-
3335)

웃음엣소리

 − 세월이 가도

지금 그 사람 이름은 잊었지만
그 눈동자 입술은
내 가슴에 있네, 라는 노래가 있지만
세월이 가도
이름이 가슴에 남아 있기도 하지

천화원,
서울이발관,
삼세의원,
모란다방

강진극장 코앞이나
강진극장에서
그리 멀리 않은 곳에
당당하게 있었지

강진약국,
형제전파사,

문화사,
일홍상회

강진의
다운타운인
큰길에
의젓하게 있었지

지금 그 사람 이름은 잊었지만
그 눈동자 입술은
내 가슴에 있네, 라고 노래하지만
세월이 가도
이름이 가슴에 남아 있기도 하지

웃음엣소리

- 다산과 영랑

다산이 강진에 귀향 오지 않았더라면
강진에 태어나지 않았을 상호들이
한두 가지가 아닌 것을

다산주유소
다산세탁소
다산싱크
다산펌프카
다산기사식당

한꺼번에 거명하기 숨이 차니
쉬었다가 거명해야지

다산축산
다산샤시
다산열쇠
다산지업사
다산중기

다산 IT

영랑 김윤식이 문명을 떨치지 않았더라면
강진에 태어나지 않았을 상호들이
한두 가지가 아닌 것을

영랑사진관
웰빙영랑김치
영랑화랑
영랑석유
영랑가든

한꺼번에 거명하기 힘이 드니
나누어서 거명해야지

영랑수산회센터
영랑컴퓨터
영랑얼음막걸리
영랑세탁소

웃음엣소리

– 우체국 앞 팽나무의 눈빛 전언

강진우체국에 우편물 맡기고 나오는데
강진우체국 앞 팽나무가
어디서 또랑물 소리가 난다고
나를 불러 세우더라
나이 든 팽나무가 자신의 이명을
또랑물 소리로 착각한 거라 여겼는데
귀 밝은 내가 귀 기울여보니
대체로 또랑물 소리가 들리더라
대낮이라 소음에 묻혀 가느다랗게 들리지만
한밤중에는 소리가 굵어진다며
또랑물 소리가 보통 또랑물 소리가 아니라
뭐라뭐라 중얼거리며 흐른다고
밤중에 와 들어보라더라
그날 밤중에 가 들어본 또랑물 소리가
범상치 않아 자세히 들어보니
『추구집』을 읽고 있더라
내가 그걸 어떻게 알았냐면
내가 『추구집』에서 아는 구절이
몇 군데 있는데

天長去無執 花老蝶不來가 나왔기 때문이다
도대체 어찌 된 사연인가
팽나무와 둘이서 생각해 보니
강진군립도서관장이 바뀐 뒤부터
그런 일이 벌어졌더라
강진군립도서관장 김한성은
또랑이 칠량과 군동의 경계인
송산교회 건너편 연화동 출신이다
그 또랑물 소리가 어디서 많이 듣던 소리다 했더니
강진군립도서관장 김한성이
어린 시절 천자문, 사자소학 읽으면
따라 읽던 또랑물이
김한성이를 따라다니고 있었던 거라
다음 날 강진군립도서관장 김한성이 만나러 갔더니
책상에 『추구집』이 펴져 있더라

* 天長去無執 花老蝶不來(천장거무집 화로접부래) : 하늘은 높아서 가도 가도 잡을 수 없고 꽃이 시드니 나비 날아들지 않도다.
* 외갓집이 있는 연화동에 강진중학교 20회 동창인 김한성이 살았다. 어느 날 한성이 집에 들렀더니 천자문을 읽고 있었다.

웃음엣소리

– 군청 담장 밑 뱀딸기

누구의 입에서든
'뱀딸기' 란 말이 튀어나오면
강진군청과 경찰서 사이
또랑이 딸린 군청 담장 밑 뱀딸기가
나에게 떠오르는 거 있지

여섯 살 먹었을 때
양무정 오르는 길
위세 당당한 강진군수 사택 못 미처
살짝 커브가 있는 담장 밑에서
나에게 첫인사를 하였지

대학 시절
내가 처음 시에 맛 들였을 때에
뱀딸기라는 시를 나로 하여금 낳게 한
강진군청 담장 밑 뱀딸기
대를 이어 지금도 무사히 잘 있을까

'눈썹 하나를 빼앗고야/
네 몸을/ 맡기는구나' 라는 구절을
강진군청 담장 밑 뱀딸기를
여섯 살 때 만나지 않았더라면
생각해 내지 못했지

세상 어디에서
뱀딸기를 만나도
강진군청과 경찰서 사이
또랑이 딸린 군청 담장 밑 뱀딸기가
다른 데 뱀딸기를 따돌리는 거 있지

웃음엣소리

어디서 봤더라

○○사 앞에 새로 생긴 찻집의
그 여자

소피아 로렌
닮은

입이 크지
않은
소피아 로렌 빼다 박은
에스라인의
그 여자

어디서 봤더라

그렇지!

강진경찰서 뒤
정구장을
나비처럼 펄펄 날던
그 여자

라켓을 휘두르면
병아릿빛 정구공이
펑펑
엄살을 부렸지

내 나이
만으로
열여섯인 때에

저만치 떨어져서
다 지켜본 것을

웃음엣소리

– 깡다리론

표준어가 강다리인 깡다리는
황석어, 황새기로도 불리는데
깡다리를 조기새끼라고
당당한 실수를 한 적이 있지

깡다리는 깡다리고
조기새끼는 조기새끼인 것을
깡다리를 조기새끼로 잘못 알다니,
남들은 다 아는 것을

글 안 쓰고 가만히 있으면
중이나 갈 것을
괜히 써 가지고 바로 잡으려니
절차가 복잡해야

깡다리는 부서한테는
밤 대 도토리 꼴이고
조기한테는

상수리 대 도토리 꼴이여

찌개를 끓일 때
반드시 머리를 떼어내야 하는 것은
머리에 이석이 잠복하고 있기
때문이지

어류도감이나 현산어보에게
확실하게 문의해 봐야지,
깡다리가
농어목 민어과에 속하는가를

나의 결벽증은 아무도 못 말리는데
깡다리는 깡다리고
조기새끼는 조기새끼라니,
엎질러진 물을 어떻게 주워 담나

웃음엣소리

– 부동화이

김영희 강남 동태찜에서 우연히 만난
민주통합당과
통합진보당이
점심을 오붓하게 먹고 있어야

며칠 안에
승부가 날 덕담을
주고받으며

누가
밥 사나,
선거법이 지켜보고 있는데

자기 돈
자기가 내고
먹어야 하는 판이어야

오월동주도

동상이몽도 아닌
그들을 위하여

내가
밥 사면
선거법에 안 걸리지

웃음엣소리

　- 개명

이름이 운명을 바꾸지는 않는다 하더라도
이름이 삶에 영향을 미칠 수는 있지
지금은 인우보증이 사라졌지만
나도 인우보증을 선 적이 있는 걸
계수나무 계, 심을 식의
서계식이라는 이름의 동료교사가
서조영이라는 이름으로 개명한 사연을
밝히지 않아도 다 알겠지
내 불알친구의 아버지 함자가 상렬이었는데
아이들이 친구를 많이 놀려댔지
끄떡하면 상렬이 새끼라고
그것이 꼼짝달싹할 수 없는
사실이기에 친구의 가슴이 많이 상했지
성은 임이고 이름은 신부
하물며 이름이 고자인 여자도 있으니
미드나잇 카우보이 이창남이는 또 어떻고
자의적인 언어의 기표에
희롱당한 경우가 한두 번이었겠나

이와 반대로 서정희란 이름을
서무찬으로 개명한 여인이 있지
서무찬을 서정희로 개명한 게 아니고
서정희를 서무찬으로 개명했다니까
남들과 반대로 나간 거지
판사가 몇 번이고 묻더라나
판사도 이해 못한 일을 저지르는 여자가
문화원 사무국장 서무찬이라니까
이제까지 잘 안 풀린 생이
앞으로는 잘 풀릴 거라니,
세상에 이런 일도

웃음엣소리

― 영화

강진극장이 하늘로 증발하여
아트 홀이 대신하기도 하지만
목포까지
문화생활 하러 다니더라고

연인끼리,
가족끼리
때론
친구끼리

〈26년〉, 〈호빗: 뜻밖의 여정〉
〈레미제라블〉, 〈코드 네임 제로니모〉
〈늑대소년〉, 〈돈 크라이 마미〉
〈브레이킹 던〉

과일점에서
과일 고르듯
마음껏

골라 보는 거 있지

초등학교 동창생이 영화 보러 왔는데
외간남자인지
남편인지 구분 못해
자리를 피하려고 했지

머뭇머뭇하다 마주쳐
눈인사 나누고 헤어졌는데
나중에 알고 보니
남편이여

강진극장이 하늘로 증발하여
아트 홀이 대신하기도 하지만
목포까지
문화생활 하러 다니더라고

웃음엣소리

- 제주祭酒

육이오 참전 용사에
전국노래자랑에 참여한
록 허드슨 닮은 장인 장례식 때
눈발 속에 조문 온 길들이
뭔 술을 그리 따라 드리는지
반야용선 타고 피안에 가실 양반이
그렇게 많은 술을
한 잔도 거절 않고
왜 또 다 받아 마시는지
술 한 잔 않는 사위가
걱정이 앞서지 않을 수 없지
우리 장인 반야용선 타고
극락왕생하시라고 몇 번이고 기원하는데
저러다 술독에 빠져
극락에도 못 가시고 구천을 헤매실까 봐
걱정을 하고 또 하는 거지
사위의 마음을 알아차리고
마신 척하고 흘려버리고

마신 척하고 흘려버리고 하면 좋을 텐데
원체 술을 좋아하시는 분이라
사위의 눈치를 알고도 모른 척하시는지
나로서는 분간 못하지
조문 온 길들이 술만 따라 드리고
자기들은 마시지 말아야 하는데
눈발 속에 돌아가다
음주운전 단속에 걸리면 안 되는데
장인 반야용선 제때 못 타실까,
조문 온 길들 음주운전에 걸릴까
사위 속만 타는 거 있지
그래서 걱정도 팔자라 하나

웃음엣소리

– 겨울 검정 양복

삼동에 조문을 가도
검정 양복에 흰 와이셔츠를 입고 가야
속이 풀리는,
검정 양복이 없는
모모씨가 꾀를 내었다

춘추복 검정 양복을 입기 전에
러닝셔츠 세 장을 포개 입고
와이셔츠 입고
카디건 입고
넥타이를 찼다

아랫도리는
팬티를 세 개 포개 입으니
든든하기 그지없었다,
우주복에 비하면
너무도 편한 복장인 걸

2사단 17연대 본부중대
정보병으로
근무하던 시절에
보초 나갈 때 써먹은 방법을
지금 써먹고 있는 것이다

러닝셔츠 세 장,
팬티 세 장을 포개 입은 것을
지상의 누가 알겠는가
조문 다녀와서도 벗지 않고
자신도 깜박 잊고 돌아다니는데

웃음엣소리

– 눈 내리는 옴천사

삼동에도 지장보살이 약사여래불이
미륵보살이
천불전으로 전각으로
들어갈 생각이 없는 까닭을 몰랐지

들어갈 생각이 있었다 하더라도
문턱이 낮아
지장보살이 약사여래불이
미륵보살이
허리 굽히고 들어갈 수는 없는 거라

불력을 발휘하여 들어가신다면
안에 계시는 불상들이
들고 일어날 게 뻔하지,
함께할 공간이 없으니

차라리 지장보살이 약사여래불이
미륵보살이

흰 눈을 이불 삼아
당당하게 밖에 계시는 게 낫지

사시사철 밖에 서 계신
지장보살이 약사여래불이
미륵보살이 한 차례도
쿨럭이는 것을
본 사람이 없는 것을

감기에 걸려도
쿨럭이지 않으실 분들이긴 하지
쿨럭였다간
중생들의 비원인 돌탑이 무너지니

삼동에도 지장보살이 약사여래불이
미륵보살이
천불전으로 전각으로
들어갈 생각이 없는 까닭을
이제 알겠지

웃음엣소리

- 시가 미워

어느 날
초저녁에 잠에서 깨어보니
시가
미워 죽겠어야

나를
무기력하게 만든
장본인이
시인 것을

아무 때나 자고
아무 때나 일어나고
아무 때나
밥 먹고

패가망신이
코앞에
얼씬거려도
눈치채지 못하다니

웃음엣소리

– 숨바꼭질

숨바꼭질할 때 술래가 찾으면
꼭꼭 숨어야 하나
나 여기 있소 하고 얼굴 내밀어야 하나

술래가 찾으면 꼭꼭 숨어야지
머리카락 보이지 않게 꼭꼭 숨어야지
못 찾겠다 꾀꼴꾀꼴 할 때까지
숨어야지

근데 꼭꼭 숨은 것도 아닌데
바닷가 꿩독바우에
배가 지나가는 것 보며
달빛 아래 「애너벨 리」 이야기하며 있었는데
술래가 못 찾고
이상한 소문내고 다니는 거 있지

도라지꽃 가슴에
무더기로 꽂은 가우도가

플라타너스에
매미들이 막무가내 투신하는
여름에 한 무리의 호모사피엔스를 초대하였다지

동료 호모사피엔스에서 잠시 벗어난 남녀가
바닷가 꿩독바우에 앉아
에드가 앨런 포의 「애너벨 리」에
취해 있었는데
하늘의 천사 아닌 술래가 시샘한 거지

야맹증인 술래가 이름을 부르며 찾을 때
나 여기 있소 하고
바위에서 일어날 것을
숨지도 않고 그대로 바위에서
웃음을 참고 있었는데
훗날 이 일이 인생의 발목을 잡았다나

숨바꼭질할 때 술래가 찾으면

꼭꼭 숨지 말고

나 여기 있소 하고

얼굴 내밀어야 할 때가 있단 말이여

다들 안 겪어 봤어도

이제 알겠제

* 꿩독바우 : 가우도 폐교를 바라보며 우설 끝으로 가는 해변에 있다. 장
끼가 고개를 쳐들고 있는 모양의 바위이다. 이 바위에 두 사람이 앉아
있기에 넉넉한 평평한 부분이 있다. 달빛 아래 이곳에 앉아 지나가는
어선을 바라보는 것은 환상적이다. 가우도 펜션에 일박하며 연인과 함
께 밤에 이 바위에 앉아 아가페적인 사랑을 꿈꿔도 좋을 것이다.

웃음엣소리

– 한밤의 결투

타이젬이 주선한
가로, 세로 19로의 전선에서
흑마를 타고 백마를 타고
결투를 하였지

자정을 지나 골 빈 시간에
쟁강쟁강 칼싸움이 아니라
클릭, 클릭의
속기로 상대를 제압하려 했지

달밤의 체조는
몸이라도 튼튼하게 하건만
아무런 쓸데없는 짓을
한밤중에 하다니

한 번도 아니고
이따금 이 병이 도지면
시도 때도 가리지 않고

끝장을 보려 하니

가로, 세로 19로의 전선에서
상대가 질려 달아날 때까지
클릭, 클릭의 전투를 벌이다니
돌아서면 바로 후회하면서

웃음엣소리

– 북 리스트

『목포』

『조롱박꽃 핀 동문매반가』

『만경루에 기대어』

『다산』

『고장 난 뻐꾸기』

『큰개불알풀』

『강진』

『별들을 호린다고 저 달을 참수하면』

『별들의 사원』

『이화』

『내 마음의 적소, 동암』

『목포자연사박물관』

『백련사 앞마당의 백일홍을』

『달에게 보내는 연서』

『헤밍웨이』

『즐거운 생태학 교실』

『기념사진』

『샤롯데모텔에서 달과 자고 싶다』

『까마귀』

저것들을 딛고
올라가

대들보의 밧줄에
목을 걸고

발로
차야 하는데

웃음엣소리

– 시집

어디다 쓰려
돈도 안 되는
시집을 자주 내느냐고 건든다

나만의
비결이고 비밀이다

망각의 강을 건너
저승에 갈 때
징검돌 삼으려고
그러는 것을

아직도
많이 부족한 것을

숏다리인 나는
징검돌이
다른 사람보다

더 많이 필요한 것을

남들이 건들든 말든
시집을 내던져 놓으면
나중에 저승 갈 때
발걸음이 편하다

망각의 강에
빠질 염려가 없다

웃음엣소리

– 건망증

건망증에 결벽증에
저장강박장애를 앓고 있는 모모는
걱정이 태산이 아니라 수미산이다
하루에 세 차례 건망증을 앓을 정도이면
이제 치매가 바로 눈앞이다
자동차 열쇠를 들고 열쇠를 찾지를 않나
건물 앞 주차장에 차를 주차에 놓고
건물 뒤 주차장에서 차를 찾지를 않나
승용차에 열쇠를 꽂아놓고 문을 닫지를 않나
남이 잠시 맡겨 놓은 통장을
서랍에 보관해 놓고
맡긴 사람 역시 건망증을 앓아
자기 통장을 못 봤나 하자
왜 이 통장이 자기 서랍에 있었나로
여러 날이 아니라
여러 달 고민하지를 않나
시간의 노예인 모모에게
이제 치매는 현실이다

목욕탕에 샴푸를 놔두고 오는 일,
비가 그치면 우산을 놔두고 오는 일,
가스레인지에 불을 켜 냄비를 다 태우고
맨날 마누라에게
너는 내 원수란 말을 듣는 모모는
이제 치매가 코앞이다
건망증에 결벽증에
저장강박장애를 앓고 있는 모모는
다 이긴 바둑을 시간패를 당하고
분에 못 이겨
마음을 달래느라 혼쭐이 나기도 한다
내가 뱃속까지 잘 알고 있는
모모는 도대체 누구이지

웃음엣소리

– 군대 이야기

남자들끼리 만나면
군대 이야기로 날 저무는 줄 모르는데
노인들끼리 만나도 마찬가지여야
노인도 남자이니 아무도 못 말리지
목에 탄띠를 두르고 큰일을 보고 있는
병사의 탄띠를 훔치려다
목에 탄띠가 걸려
사람 죽일 뻔했다는 이야기에
이발소의 사물들까지 잠이 확 깨는 거 있지
바리캉 기계도, 가위도, 빗도
조근조근 이야기하는 노인의 입담에
이발소의 옷걸이도 수건도
귀를 곤두세우더라고
군에 다녀온 지 오십 년이 다 돼 가는데
알파, 브라보, 찰리, ATT 들먹이는
포병부대 본부중대 위생병이었다는
노인은 정확하니 군대서
588명이나 포경수술을 해줬다니

대대장이 군의관 불러
포경수술 부탁했는디 할 줄 몰라
자기가 대신 해줬다나
서컴해줬다고 영어로 말하더라고
뭔 놈의 이발이
이리 빨리 끝난다 할 정도로
그 자리에 그냥 앉아 듣고 싶은
이야기 가운데는
고참 놈이 밤마다 고추를 만져
애를 먹은 병사도 있었다는 말에
면도기가 웃음을 터뜨려 얼굴이 상할 뻔했지
그 병사가 매번 당하다 보니
홧김에 고참 놈이 좋아하는 책을 훔쳐다
다른 중대 친구에게 맡긴 전우도 있었다니
요즘 말로 성추행이지
그때는 그게 뭔지도 모르고들 당했다나
배고픈 것이 가장 서러웠다는
그때 그 시절 이야기에

드라이도 마음 아파하는데
이발사가 다 끝났습니다 하는 거 있지
집에 가는 길에도
그 뒷이야기들이 어떻게 됐나 궁금했지

웃음엣소리

– 부조금

사람들에게 스트레스 주는 일 중의 하나가
그 잘난 부조금 때문이지
나는 했는데 그놈은 안 했다느니
나는 이만큼 했는데
그놈은 저만큼밖에 안 했다느니
세월이 이렇게 많이 흘렀는데
그놈이 그때와 똑같이 했다느니
지놈은 지그 부모와 장인 장모까지
네 차례나 다 받아먹고
자기는 딱 한 번뿐인 애사에
그것만 했다느니
악착같이 직장에 근무하는 동안
새끼들 하나도 빠짐없이
결혼시키고 나가려는 이유가
자식 돌 반지 팔아 가면서
그 잘난 부조금 마련한 이유가
다 이런 이유 때문인 걸
퇴직 후에도 힘있는 이에게는

웅성웅성 분위기 만들어 알리고
힘없는 이에게는
구렁이 담 넘어가듯 모른 척 넘어가지
나가서도 챙길 건
다 챙기는 이가 있는가 하면
민폐 끼친다고
나가서는 아무것도 챙기지 않는 이도 있지
부의하고도 스트레스 받은 사람도 있지
봉투 안에 돈을 담는 종이가 또 있어
장례식장에서 급하게 부의하느라
안 종이와 봉투 사이로 돈이 들어가
부의금이 적게 적혔으리라는 생각에
잠 못 이룬 사람을 봤다고
호주머니 다 털어 장례식장에 갔는데
그 장례식장에서
또 다른 장례식장에 가야 할 일이 생겼으나
호주머니가 텅텅 비워 문상을 못 가
평생 고개 들지 못하는 사람도 있다고

그 잘난 부조금이 스트레스 주는 것은
백두대간에 발붙인 우리 모두의 일이여
제도를 제대로 낳아야지
외롭고 낮고 쓸쓸한 이들을 위하여

웃음엣소리

— 우째 그런 일이

모모 이름 팔아 사기 친 놈이 있었는데
모모가 그걸 모르고 손가락질 받고 살다가
여러 해가 지난 뒤에야 알았다
자기가 거시기 고등학교 교사 모모라며
미술대학에 다니는 여동생이라며
여자 하나 차고 와
광주은행 본점 옆 중앙화방에게
외상으로 미술도구를 한 짐 사 가지고
바람마저 따돌리고 사라진 사건이었다
평생 뒤에서 손가락질당할 일을
다행히 모모가 안 것은
수업 끝내고 바로 식당에 간 모모가
외상값 받으러 온 중앙화방을
따돌린 것으로 오해받은 일로부터였다
학교 매점에 미술도구를 납품하는 중앙화방이
미술 선생에게 모모에 관하여 캐물었던 것이다
어느 날 미술 선생이 모모에게
광주에 있는 화방과 거래한 적이 있냐고 물었다

대학 재학 시절 「At the River Bank」란 시를
세상에 내던진 적이 있는 모모는
셰익스피어를 강의하러 온 외국인 교수에게
시를 액자에 담아 선물하느라
몇 차례 백제화방과 거래를 하였기에
그런 적이 있다고 했다
그 대답이 문제의 발단이라 해야 맞나
그 대답이 해결의 실마리라 해야 맞나
자기 신분을 정확히 대고
사기 치는 바보가 세상 어디에 있겠는가,
모모의 대답에 확신을 얻은 미술 교사의 입살에
여러 해 입방아에 오른 것도 모르고 지냈으니
뒤통수가 왠지 가려운 어느 날
손가락질당하고 있는 것을 알게 된 모모가
중앙화방을 만나 진상 파악한 결과
자기를 판 자식이 누구인지 알게 됐다
인상착의가 모모와 그 자식과는 180도 다르니
중앙화방도 어처구니가 없을 수밖에

모모는 끓어오르는 분노를 달래느라
그날 힘이 다 파했다
지금도 자신이 사기 쳤다고
생각하는 이들이 있을 것이고
미술 교사는 일일이 자신이 뱉은 말을
주워 담고 다니지도 않았을 거고
이따금 그 일이 떠오를 때면
모모의 오장육부는 뒤집히는 것을
사기당한 중앙화방도 손 못 쓰는데
모모가 무슨 수로 손을 쓰냐고
자기는 빈 배라고 장자까지 팔아먹은 그 자식을
어떤 놈이 자기 직장, 신분을 정식으로 대고
사기 치느냐고
열을 올리는 모모에게 우째 그런 일이
남은 인생엔 그 자식이
자신의 이름을 안 팔기를 바라는데
모모는 안심할 수가 없으니
자신의 일 아니라고 웃음이 나오는가

이게 어디 웃음엣소리여,
이건 분명 울음엣소리지

* 우째 : '어째'의 방언이다.

웃음엣소리

– 왕이 된 남자, 거시기

강진 칠량 출신으로
통 큰 남자, 윤모모, 김모모도 있지만
왕이 된 남자, 거시기도 있다는데
믿어야 하나, 말아야 하나

내가 무슨 말 하든 불똥이 튀어
어느 쪽에서도
날 가만두지 않을 텐데,
그래도 말하지 않을 수 없지

왕이 된 남자, 거시기의
삶의 여정만으로도
내 가슴이 미어지는데
본인은 피눈물을 얼마나 흘렸을까

목숨을 부지하겠다고
남의 눈을 피해 떠날 때
고향 산천이 알고도 눈감아 준 건

어린 거시기에게 뭔가 싹이 보였나

강진 칠량에서 태어난 묘목이
오래전에 경상도 땅으로 이식돼
뿌리내린 거시기가
왕이 되었다는데

조선이 똑바로 하였더라면
일제강점기는 없었을 것이고
나라가 두 동강이로
나누어지는 일도 없었지

조선이 잘못해 가지고
남북으로 나뉘어져
동족상잔을 해
자식들 앞날의 발목을 잡다니

삶이 개별적 자아이든 아니든

부모가 진 빚을
끝까지 자식이 짊어지고 가야 하나,
유산 포기각서라는 것이 있는데

떠도는 말들이 세상을 도배해도
분연히 일어나
왕이 된 남자, 거시기가
자신의 목숨을 스스로 거둘 줄이야

아는 사람만 알고
모르는 사람은 모르는
왕이 된 남자, 거시기를 생각하면
눈물이 저절로 나오는 것을

강진 칠량 출신으로
통 큰 남자, 윤모모, 김모모도 있지만
왕이 된 남자, 거시기도 있다는데
믿어야 하나, 말아야 하나

* 인터넷에 강진과 거시기에 대한 글이 실려 있어 사실로 알고 시를 썼다. 근데 강진에 확인해 본 결과 터무니없는 거짓이라 하여 당혹스러웠다. 시를 버릴까 하다 싣기로 했다. 이 내용이 사실이 아니라면 음모라는 것이 정말로 존재한다는 것을 입증하는 것이고 사실이라면 그런 역경 속에서도 왕이 된 거시기의 삶을 알려야 하는 것이 시인의 사명이라 생각해서이다.

웃음엣소리

– 서명

장흥의 억불산과
강진의 덕룡산과
영암의 월출산이 서로 계군인 것을
아무도 모르지
해마다 돌아가면서
일월 첫째 주 토요일이면
장흥, 강진, 영암의 한곳에서 만나는데
계사년에는 덕룡산의 제안으로
만덕산이 초빙하여
백련사 육화당에서 만났다
육화당에서 강진만을 해인하고
만덕산이 대접하는 차로
한담을 나누었다
용혈암을 거느린 덕룡산이
○○광업 때문에
겉은 멀쩡해도 속은 다 바스라졌다며
속을 내보이는데
이건 정말 말이 아니다

억불산과 월출산이
무슨 불만을 토할 수 없는 것은
덕룡산의 슬픔에 비하면
자기들의 슬픔은 조족지혈이기 때문이다
이미 헐린 구 문화원 하나 얻어 내고
자신의 몸은 복구할 수 없게
몸이 어장 난 만덕산이
자신의 전철을
덕룡산에게 밟게 해서는 안 된다며
무슨 대책을 세우라고
월출산과 억불산을 다그치는 바람에
덕룡산도 힘이 났다
먼저 주작산, 서기산, 비파산, 보은산, 천관산,
금사봉, 여계산, 천태산, 사자산, 제암산으로부터
○○광업을 폐쇄하라는
서명을 받기로 했다
그러고 나서 백두대간의 모든 산들에게
서명을 받기로 결의를 했다

서명이 잘 받아질는지 두고 봐야 안다
서명을 받으면 해결 될는지
그것도 두고 봐야 안다,
○○광업 직원들의 생계도 걸렸으니
그날 계를 끝내고 돌아가는
덕룡산, 억불산, 월출산의
발걸음이
가볍지도 무겁지도 않았다

웃음엣소리

- 다산명가

뿌리의 길을 거쳐
다산초당을 만나러 가는 사람들은
다산명가를 피해 갈 수
없는 것을

먼 데서 온 벗을 맞이하듯
지나가는 길손들에게
눈빛을 건네는
다산명가와 눈인사라도 나눠야지

아무리
피곤할지라도
걸음걸이, 옷차림을
흩트리고 지나가서는 안 되지

다산초당과 희로애락을 함께하는
다산명가가
큰 눈으로 쳐다보니

다들 신경이 쓰이지

새벽에,
한밤중에
까치발로 걸어가도
다산명가에게 들통 나지

늦게 자고,
일찍 일어나는
다산명가를 피해 갈 수가
없는 것을

웃음엣소리
– 저두 보리밭의 눈빛 전언

사랑과 이별, 재회
그리고 다시 찾아온 이별로 인하여
상처 입은 자들은
나에게 오라

가우도를 배경으로
언덕에 자리 잡은 내 가슴에
서 있기만 해도
영육의 상처가 저절로 치유되니

이영애와 유지태가
방송국 피디와 녹음기사로 열연하는
영화 〈봄날은 간다〉에
출연한 적이 있지

황금빛 내 가슴에 스치는
바람 소리를 녹음하는
상우 얼굴의 미소는 깨달음인 것을,

사랑은 변할 수 있다는

영육의 상처를
〈봄날은 간다〉에 출연한 적이 있는
황금빛 내 가슴이 치유해 주니
나에게 오라

가우도를 배경 삼은
내 가슴의 황금빛 바람이
그대들을 기다리고 있으니,
이별로 상처 입은 자들이여

* 저두 : 마량 가는 길에 있는 대구의 마을이다.
* 상우 : 유지태가 역을 한 영화 속 녹음기사의 이름이다.

웃음엣소리

  - 고구마

요즘 고구마 누구나 먹을 수 있는 게 아니란 말이
입에서 튀어나왔다가
현대 농민운동의 불씨인 함평 고구마 사건이
국회의원 서경원을 낳았는데
강진의 윤모모, 김모모도 단식에 참가했다는
말까지 튀어나왔지
고구마 때문에 인생이 달라진 사람을 내가 아는데
혼자만 간직하기가 너무 아까우니
세상에 내놓지 않을 수 없지
어느 섬인가 몰라도 섬소년이
아버지가 두 대에 쟁여 놓은 고구마를 하나씩
꺼내어 먹기 시작하였대
물로 콸콸 씻어 먹은 것도 아니고
가마니에다 빡빡 문질러 먹었는데
날마다 몇 개씩 먹다보니
씨고구마까지 다 먹게 되었대
아버지에게 두드려 맞을까 겁이 난 섬소년이
배를 타고 육지로 와 서울로 줄행랑쳤대

서울 가서 맨 먼저 한 일이

이발소 시다가 되어

사람들의 머리를 빡빡 깜아줬대

덩치도 있고 인물도 있는

육체적으로 우월유전자인 이 섬소년을

이발소 주인이 사위 삼았대

부동산에 일찍 눈 떠 한몫 잡은

이발소 주인이 사위에게 건설업을 시켜

굴지의 모모건설로 성장하였대

그때 씨고구마까지

가마니에다 빡빡 문질러 다 먹어버린 것이

성질이 불인 아버지에게 델까 두려워

서울로 도망친 것이

인생을 바꾸어 놓은 거지

강진에 기차만 있었어도

나도 서울로 나가

나의 인생이 지금쯤 볼만했겠지

무담씨 공부해 갖고

돈에 쫓기어 아등바등 살고 있으니
울 아버지가 고구마 농사만 지었더라도
내게도 기회가 왔을 텐데

웃음엣소리

― 모인의 고민

꿈에 친구에게 돈 빌렸는데
못 갚고 잠이 깼는데
어떻게
갚아야 하나

꿈에 친구에게 책 빌렸는데
못 돌려주고 잠이 깼는데
어떻게
돌려줘야 하나

꿈에 글래머가 모텔로 끌고 가기에
안 따라가려 안간힘 쓰다
잠이 깼는데
돌아갈 길 없나

돈 갚으려,
책 돌려주려,
마음을 다잡고

그 꿈으로 돌아가려 해도 마음대로 안 되니

그 꿈으로 돌아가도
호주머니가 비워 있거나
책을 집에다 또 놔두고 왔거나
마음을 다잡은 것이 헛것이니

웃음엣소리

– 예언자, 서문정 사장나무의 눈빛 전언

입 밖에 내지 못할 사연으로
너의 영혼이 오열하고 있을 때
너를 벼랑에서 떠밀어내려고
혈안이 된 사람을 볼 것이다

너의 영혼이 갈 길이 어려울 때
모든 사람은 적이니 조심하라
귀띔해 주는 사람을
너의 고향에서 만나게 될 것이다

너의 영혼이 고개 숙이고 있을 때
뭘 그깐 일로라며 위로하던 이가
골목길 모퉁이를 돌아가기도 전에
너를 흠집 내는 소리를 들을 것이다

입 밖에 내지 못할 사연으로
너의 영혼이 모든 인연을 끊고 싶을 때
닭 모이 주어 먹듯

재미 보는 무리들을 반드시 볼 것이다

인생이 부조리하다는 것은
까뮈에게 배우고
실존이 본질에 앞선다는 것은
사르트르에게 배웠으면서도 잊고 살았지

아무리 많은 지식을 습득하여도
하늘이 준 성질을 버릴 수 없으니
오이디프스가 운명을 피할 수 없듯
한 차례 명예를 잃고 난 뒤 오열할 것이다

웃음엣소리

– 별뫼산

머리를 길게 늘어뜨리고
드러누워
하늘과 눈 맞추고 있는
저 산의 이름이 별뫼산이지

저 산에 한눈팔다가
사고를 당할 뻔한 적이
한두 번이 아니었음에도
지나갈 때마다 한눈을 팔게 되니

오디세우스가
사이렌에게 넘어가지 않기 위하여
돛대에 제 몸을 묶어 화를 면하듯
나도 뭔가 조치를 취해야지

나만 잘한다 해서
문제가 해결되는 것은 아니니
다른 사람들도 뭔가
조치를 취하도록 경고판을 달게 해야지

해와 달, 별들도
한눈팔 수 있을 정도로
드러누운 저 산의 몸매가
매혹적인 걸

해와 달, 별들에게도
문제가 발생할 수 있지,
우리가 눈치채지 못해서 그러지
이미 발생했을 수 있지

우리가 아무리 군침을 삼켜봤자
우리를 거들떠보지 않는
해와 달, 별들만을 상대하는
저 산의 별칭이 와녀산臥女山이라지

---

* 별뫼산星山 : 성전면에 소재하고 있다.
* 성산에서 멀지 않은 곳에 밤재가 있다. 목포에서 강진 가는 길에 밤재를
  넘기 전의 마을이 한석봉이 공부했다는 설이 있는 영암군 학산면 묵동
  리이고 밤재를 넘으면 성전면이다. 6·25 때 밤재에서 경찰들이 빨치산
  에 의해 습격을 받아 여러 명이 희생되었다고 한다.

웃음엣소리

- 병영상인

광주 KBC 다큐멘터리,
'전설의 보부상 강진 병영상인'에서
한순간도 눈을 떼지 않은 내가
강진일보에서 '병영상인' 검색하니
'병영상인 강재일사 박기현'이 나를 반긴다

'병영상인 강재일사 박기현'이
강재가 한약재를 구입한 이야기는 물론
강재의 후손들이
강진, 해남, 영암 일대의 양조장을 장악한 이야기를
침 튀기며 들려준다

산이양조장, 화원양조장, 현산양조장
마니아 아니면 불가능한 양조장을
박기현의 후손들이 지금도 붙들고 있는 이야기를
귀 기울여 듣고 나니
나도 이야기를 들려줘야겠다는 생각이 난다

길에서 세상을 하직한
작천면 이남리 출신의 나의 아버지도
이십 대 초반에
평양을 거쳐 만주까지 다녀오신 적이 있는데
병영상인이었다

강진의 다운타운에
광명상회, 대흥지업사, 대진철물점,
명동성 검사를 낳은 명신상회가
둥지 틀고 있었는데
그분들은 오리지널 병영상인이었다

스페아 깡통에 기름 넣어 지게에 짊어지고
해남, 강진, 장흥, 목포
사람의 발길 닿는 곳이면
어디든 가리지 않고 다닌 강진 사람들은
다 자랑스러운 병영상인이었다

물건만 사고파는 것이 아니라
글로 먹고 살기로 작정한 나도
병영상인인 것을 털어 놓는다
전업 시인이 된 지 일 년이 지난 뒤에도
시는 남겼으나 돈은 들어오지 않는

웃음엣소리

– 花坊寺紀念 흑백사진

엄니가 나 잘 되라고
정수사, 고성사, 금곡사,
백련사 만나고 다닌 것 알았어도
화방사 만나고 다닌 건
이 사진을 보고서야 알았다

어느 절의 약발이 가장 셌는지 몰라도
정수사, 고성사, 금곡사, 백련사가
나를 뒤에서 밀어준
증거가 없는데

화방사만은 증거가 있다

불멸의 흑백사진 속 왼편 여인의
품에 안겨 있는 아이가
바로 나이고
우측에 당당하게 서 있는 분이
해남댁 아짐, 우리상회 아짐이다

고막원교회 김병균 목사 엄니가
화뱅이댁 아짐이
태일이 엄니가
이렇게 세월이 지났는데도
우리상회 동수 형님이 나를 알아본다

화방사와 내가 노는 물이 달라
이런 인연이 있는 줄도 모르고
찾아뵙지 못 했으나
어서 빨리 찾아가 인사드려야지,
花坊寺紀念 흑백사진 들고

272

웃음엣소리

– 만시지탄晚時之歎

우리가 세상에 나와
가장 먼저 알아야 할 고사성어가 있다면
만시지탄이라는 생각을
이순의 강을 눈앞에 두고 하다니
류시하가 진즉 노래한
『지금 알고 있는 걸 그때도 알았더라면』이나
카오스 이론 중의 '나비효과'가
만시지탄과 이웃사촌인 것을
진즉 알았더라면 좋았을 텐데
사실 아는 것보다 더 중요한 게 실천이지
진즉 알았어도
그것이 그것인 줄 생각 못한 거지
초등학교 방학 끝날 때쯤
막판에 일기 한꺼번에 쓰면서
지금이 방학 시작이라면 하고
생각한 적이 한두 번이 아니었지
한참 공부할 나이에
기성 오청원이만 만나지 않았더라면

면도날 사까다 에이오만 만나지 않았더라면
대마 킬러 오오다께만 만나지 않았더라면
친구들과 골방에 처박혀
꽃싸움만 즐기지 않았더라면
나의 인생이 달라졌겠지
전후에 나 같은 놈 하나 세상에 뱉어내려
동족상잔의 슬픔이 있었는데
남의 슬픔을 담보로 세상에 나왔으면
빚을 갚을 일이지
그 많은 빚을 갚으려면
이용후생의 길을 걸을 일이지
찌질한 시나 쓰고 있다니
만시지탄萬詩之歎이 晩時之歎이지

웃음엣소리

 – 너희가 거시기를 아느냐

명퇴 이후 첫 해를 내 시의 곳간에 처박혀 하품하고 있는 작품들 출가시키고, 강진의 문화와 자연에 대하여 유머와 해학이 있는 시집으로 고향에 진 빚 일부 이자까지 갚았다. 한 해 동안 머리를 많이 굴려 검은머리가 흰머리에게 자리를 팍팍 내준 내가 문학성 문제로 자책하고 있는데 말이 많다. 그것도 면전에서 내 속을 뒤집는 소리하고 있다.

–뭔 놈의 시집을 그리 많이 내느냐.
–한 권을 내더라도
메이저 출판사에서 낼 일이지.

나를 변명하고자 하면 거시기의 치부를 낱낱이 털어내야 하기에 결국 내 얼굴에 침 뱉는 샘이기에 입을 봉하고 돌아선 적이 한두 번이 아니다. 불쾌한 추억이 사람을 병들게 하는데 분기탱천한 내가 오늘은 죄 없는 고향 대밭에게 분풀이한다.

-너희가 거시기를 아느냐.

거시기는 아삼륙을 중심으로 머시기하는데

너희들이 뭘 안다고

내게 그따위 소리를 하느냐.

나는 거시기에 줄 댈 마음이 하나도 없는데

내게 무얼 바라느냐.

나는 이제까지 가면의 생을

한 번도 살아보지 못한 천치이지.

내 생은 피부가 민감해

가면을 쓰면 금방 두드러기가 나지.

그래서 자기 앞의 생인

내 운명을 받아들일 수밖에 없는 것을.

웃음엣소리

 - 휴지통에 내버린 후기

 명퇴한 첫 해에 제일 먼저 쓴 백련사를 스토리텔링한 『그리운 백련사』란 시집을 자비로 출간한다. 인세를 받을 수 있는 출판사에 딱 한 차례 인터넷으로 투고해 본 후 아무런 노력을 기울이지 않았다. 그밖에 여기저기 찾아보면 길이 있을 법도 하지만 누가 남의 이름 내는 데 자신의 살점을 떼어주겠는가. 내년까지 기다리면 몇 푼을 건질 수 있는 길이 있지만 그것도 싫다.

 문화예술위원회 창작기금 받아내려고 다들 혈안인데 금년에는 문화예술위원회 홈페이지를 거들떠보지도 않았다. 문예지 작품 활동을 점수화하고 신작과 앞으로 할 일에 대하여 계획서를 써내게 하여 그 점수를 합산하여 창작기금을 주고 있다. 문단정치 아마인 나는 문단활동을 접었으니 첫 번째 항목이 낙제점이어서 응모할 생각을 안 한 것이다.

 전업시인으로 다시는 자비 들여 시집 내지 않겠다고 다짐한 지가 언젠데 자신과의 약속을 깨뜨려야 하니 마음이 아프다. 답이 안 나오는 시인의 길을 걸은 데에 대하여 두 손으로 얼굴을 감싸고 비통해 한 적이 한두 번이 아니다. 편모슬하의 고단한 환경에서 자랐으면 어머니를 위하여 돈을 벌어 효도를 할 일이지 문예거지가 되었으니 얼마나 어리석은 삶인가.

그동안 광주의 '문학들'에서 시집을 많이 내었기에 이번에는 서울에서 시집을 낼까하였더니 출판비가 거의 두 배에 가깝다. 출판비가 비싸도 중앙인 서울에서 시집을 내려는 시인들이 줄을 서 있다는 것이다. 종이는 같은 종이인데 서울의 땅값과 광주의 땅값의 차이만큼 출판비도 차이가 크다. 그래서 서울에서 책을 내는 것을 포기하고 가장 경제적인 길을 선택하였다.

이번 시집은 해설도 없고 양장본도 아니다. 양장본 시집은 호주머니에 넣고 다니기가 불편한데 이 시집은 호주머니에 마음대로 넣을 수 있어 좋다. 내 시집이 너무 여러 차례 '문학들' 시선에 들어가 있어 질서를 문

란하게 하는 것 같아 애써 시선에 넣을 생각이 없다. 가
장 저렴한 가격에 내 맘에 맞는 책을 내 손에 쥐어주는
'문학들'에 감사드린다.

2013년 봄
김재석

웃음엣소리

- 유아무와인생지한有我無蛙人生之恨

봄날 내내 내가 봄꽃들에게 들은 소리가
'자네는 뭣하고 있는가' 이다
(시간도 많으면서)
그 말 속에는
누구는 문학상으로 약력을 도배하는데
누구는 문진금 받아 시집을 내는데
누구는 문예지에 쉬는 계절이 없는데라는
말이 머리카락 보이지 않고 숨어 있다
나를 생각하면서도, 치욕스럽게 하는
나의 뇌관을 건드린 그 말은 맞는 말이다
그래 나는 지금 뭣하고 있는가
이따금 자비로, 보조금으로
시집을 내어 공으로 돌리고
집에다 쌓아 놓고 한숨만 쉬고 있으니
몇 번을 보내도 받았다는 안부 한 번 없는
자기 시집은 내어도 단 한 번도
보내주지 않는 원로들에게
보내고 또 보내며

인간 불평등에 이만 갈고 있는 마이너이니
자네는 뭣하고 있는가라고
나의 뇌관을 건드리는 봄꽃들은
꽃을 팍팍 피어올리고 있는데
서랍에서 시 썩는 냄새가 진동해도
출가를 못 시키니
거시기는 거의 아삼륙을 중심으로
머시기한다는 것을 알고 있으면
광주 찍고, 서울 찍고
뭔가 작업을 해야 하거늘
초연한 것처럼 등 돌리고 있으니
사실 문단과 별거한 지 오래된 나는
'문단은 끊어도 문학은 끊지 마라'는
강진만 갈대의 충고로
자비로, 보조금으로 간신히 시집 내며
생의 쓴맛을 덜어내고 있는데
자네는 뭣하고 있는가, 이다
포커페이스에 서투른

문단정치 아마가

문단정치 프로들을 따라갈 수가 없지

나는 지금 뭣하고 있는가

(시간도 많으면서)

* 유아무와인생지한有我無蛙人生之恨 : 고려 말 대학자인 이규보李奎報가 몇
  번의 과거에 낙방하고 초야에 묻혀 살 때 집 대문에 붙여놓은 글이다.
  '나는 있는데 개구리가 없는 게 인생의 한이다.' 라는 뜻이다. 내 경우는
  有詩(時)無錢人生之恨이다.

웃음엣소리

― 은행나무 식당, 회춘탕

〈은행나무 침대〉에는
한석규와 심혜진이 출연하지만
'은행나무 식당'에는
김인배와 김영희가 출연한다

은행나무 식당은
강진한정식의 원조는 아니지만
회춘탕 덕에
말 그대로 앉을 자리가 없다

게다가 김영희의 손이
어찌나 큰지
있는 것 없는 것 다 챙겨다 주니
한 번 왔다간 손님은 또다시 온다

강진 갈 때마다
은행나무 집 회춘탕 만났더니
반백인 내 머리에 흰머리가

더 이상 늘어날 생각을 않는다

강진 놓고 다닐 때 잘 나가던
야생마인 김인배가
길들여진 것은
지금 잘 나가는 김영희 때문이다

한석규와 심혜진이 출연한
〈은행나무 침대〉가 대박을 터뜨렸듯이
김인배와 김영희가 출연한
'은행나무 식당'도 대박을 터뜨릴 것이다

웃음엣소리

- 가거도 횟집

강진 횟집 아니고

왜 가거도 횟집인가

남자는 강진 토박이이고

여자는 가거도 토박이인데

여자에게 밀린 것이 분명하지

수탉이 우는 것은 거시기 생각나서 우는 거고

암탉이 우는 것은 알 날라고 우는 거니

집안이 잘 되려면

여자에게 밀려야지

가거도가 그냥 가거도인가

우리나라 서남해안에서

중국의 닭 울음 소리가 들리는 곳이 가거도여

중국의 수탉보다도

강진의 수탉이 더 힘이 좋다고

강진으로 시집 온 여자가

가거도 횟집 여자여

가거도가 보통 가거도인가

지도, 증도, 임자, 압해, 자은, 안좌, 팔금,

암태, 하의, 신의, 장산, 비금, 도초, 흑산
천사의 섬, 신안이 모두 다 함께하잖은가
다산은 강진으로
손암은 흑산도로 유배를 가
흑산면과 강진이 호형호제하고 지내는데
흑산도가 큰집인 가거도 여자가
강진 남자에게 시집온 것도
뭔가 이유가 있는 거여
집안이 잘 되려면
무조건 여자에게 밀려야 해
가거도 큰물결에게
구강포 작은 물결이 밀릴 수밖에

웃음엣소리

– 대덕닭집

나는 한문으로 말고
번역본으로 논어, 맹자, 중용 읽었어도
인간관계 원만하다고 자신 못 하는데
대덕닭집은
뭘 읽었기에 그리 원만한가

나는 번역본으로 읽었지만
내가 읽은 논어, 맹자, 중용은 물론이고
장자, 대학까지 어디다 숨겨놓고
읽었는지 모르지,
그것도 아예 원문으로

배운 것 입으로
다 까먹고 다니는 이들에 비해
배운 것 입으로 하나도 까먹지 않고
실천에 옮기는 이가
대덕닭집이여

초등학교 동창회장에 이어
강진로타리클럽회장까지 역임한 것은
인간관계 원만치 않으면
생각지도 못할 일이지,
나는 그런 자린 꿈도 꾸지 못하니

나는 논어, 맹자 그리고 중용이
뒤에서 팍팍 밀어주어도
인간관계 원만하다고 자신 못하는데
뒤에서 누가 밀어주기에
대덕닭집은 인간관계 이리 원만한가

웃음엣소리

- 강진연탄

강진중앙초등학교와
골목 하나를 사이에 두고 그대가
비지땀을 흘리고 있는 것을
마지막으로 본 지가 언제이더라

내가 대처로 떠나
너무 오랜 세월 못 본 뒤
행적을 감췄기에
머릿속에서 지워져버렸지

강진의 아랫목이란 아랫목은
다 뜨끈뜨끈하게 해 준 그대 덕에
나의 등짝도
쓸쓸하지 않았는데

오늘은 다산초당 가는 길에
서초등학교 근처에서
그대를 다시 만나다니,

든든한 자식인 석탄을 거느린

한겨울에도 큰소리 빵빵 치는
석유보일러에 치여
그대의 일가들이 많이 사라졌는데
그대는 건재하고 있는 것을

쉬운 길 접어두고
어려운 길 택한 그대가
서민들의 가장 가까운 벗이라니,
자랑스러울 수밖에

웃음엣소리

- 병영양조장

한때 그리도 빛나던 영광을 되찾으려는 듯
하멜도 돌아오고
병영성도 돌아온 병영에
이제까지 버티고 있었지

전통과 개인의 재능을
유감없이 발휘하는 그대가
사라질 위기에 처한 적이
한두 번이 아니었지만

설성식당이
조선의 입맛을 되찾아주듯
조선의 술맛을 되찾아준 것이
바로 그대라고

설성동동주 앞에,
와인이 무색할 수밖에,
와인이 숨죽일 수밖에

돌아온 하멜도 입맛다시는데

동학란 이후 사양길에 접어든 병영에
영광을 되찾기 위하여
하나둘 돌아올 줄 알고
전통과 개인의 재능을 발휘했지

* 병영양조장 : 홈페이지는 http://www.byjujo.co.kr/ 이다.
　　　　　　전화 : 061-432-1010

웃음엣소리

    - 청림농원

안중근의 '黃金百萬量不如而敎子' 가
생의 모토인 청림농원이
버섯농사와 자식농사 둘을 다 거머쥔 것은
우연이 아니지

버클리대학 수석 졸업한 딸을 두어
다른 것을 다 잃는다 해도
바랄 것이 없을 텐데
버섯까지 말을 잘 들으니

뿌린 대로 거두는 버섯농사로
시장을 제패하기까지 흘린
마음의 눈물이
몇 동이는 될 거여

젊은 나이에
선친의 뿌리를 찾아 귀향한 것은
독립투사인 할아버지 안봉채 어르신의

피가 흐르고 있기 때문이지

아버지의 이름도 이름이지만
할아버지의 이름을 욕되지 않게 하기 위하여
혼자 있을 때도
자세를 흐트러지지 않게 하였지

지금도 갈 길이 가파르지 않은 것은 아니나
안과 밖이 다르지 않은 인간으로
'상생'을 새로운 모토로
가슴에 새긴 것을

'상생'을 새로운 모토로
가슴에 새긴 청림농원이
버섯농사와 자식농사 외에 또 무얼 거머쥘지
기다려 보자고

* 황금백만양불여이교자黃金百萬量不如而敎子 : 아무리 많은 돈을 가지고 있
　어도 자식 하나를 제대로 가르친 것만 못하다는 뜻이다.
* 청림농원 홈페이지는 www.clf.kr 이다. 전화 : 061-433-6826

웃음엣소리

– 동양실업

강진실업도
전남실업도 한국실업도 아닌
동양실업인 것은
그만큼 꿈이 크다는 것이다

강진군민장학재단 이사장인 강진군수에게
장학기금을 전달하는
의젓한 동양실업을
강진 지역신문에서 만났다

전남사회복지공동모금회가 진행하는
매월 일정액을 기부하기로 약정한
'착한가게 캠페인'에도
동양실업이 동참하였다

바른 말은 해도
내놓은 것이 하나도 없는
나라의 세비를 축내는 무리들이

범람하는 세상에 자기 살점을 떼어주다니

누구보다 먼저
이용후생의 길을 걸은 동양실업은
몸뚱이에 성한 곳이 하나도 없을 정도로
이날 이때까지 한 우물을 팠다

5종의 원형볏짚절단기를 독자적으로 개발한
다수의 특허를 가진
오늘의 동양실업으로 성장하기까지
남몰래 흘린 땀이 몇 드럼은 될 것이다

강진실업도
전남실업도 한국실업도 아닌
동양실업인 것은
그만큼 포부가 원대하다는 것이다

웃음엣소리

– 탐진들

아프리카는 슈바이처요,
파프리카는 탐진들이여

우월유전자로 키가 커
육상선수로 빛을 낸 탐진들에게
파프리카의 달인이 될 씨가
숨어 있었다니

달리기를 잘 하려면
좋은 신발을 신어야 했기에
신발에 신경을 써
신발가게로 기초를 튼튼히 하였지

신발가게에서 배운 노하우를
파프리카에 적용하여
일본인의 밥상까지 점령한 것은
달리기 실력이 일조한 거지

탐진강이 바다를 평정하듯이
일본뿐만 아니라
오대양 육대주의 밥상을
탐진들이 평정할 날이 오겠지

아프리카는 슈바이처요,
파프리카는 탐진들이여

* 탐진들의 홈페이지는 www.tamjinpap.com 이다. 전화 : 061-434-1221

웃음엣소리

– 덕동아짐

강진만 갯벌의 딸로 태어나
강진만 갯벌의 살아 있는 교과서가 된
덕동아짐이
이제는 의료보조기에 이끌리어
갯벌에 나온다

단 하루만 얼굴을 보이지 않아도
죽섬이 가우도가 걱정을 하기에
이런 모습 보이고 싶지 않지만
의료보조기가 가자고 닦달하는 바람에
이끌리어 나온다

덕동아짐 허리디스크로 몸져누운 날
누가 가르쳐 주었는지
죽섬이 가우도가
강진터미널 약국에서 홍삼 드링크 사들고
병문안 오는 수고를 아끼지 않았다

죽도와 가우도에게 폐 끼치지 않으려
여러 날 병원에 입원할 것 같으면
한의사인 자식 집에 다니러 간다 하고
여러 달 병원에 입원할 것 같으면
미국 뉴욕 딸네 집에 다녀오겠다고 했다

강진만 갯벌의 딸로 태어나
강진만 갯벌의 인간문화재가 된
덕동아짐이
이제는 의료보조기에 이끌리어
갯벌에 나온다

웃음엣소리

― 전 강진자비원 원장, 목사 김석신

강진 전쟁고아들의 아버지인
김연수 장로님의 아들이자
내 소년 시절 가장 친한 벗으로
나의 가장 큰 부러움을 샀던
홍순이의 아버지가 김석신 목사님이다

부산 구포교회 목사직을 그만두고
주님이 시키는 대로
강진자비원을 품에 안고
때론 등에 업고
풍찬노숙의 세월을 건넜다

강진자비원이
그야말로 튼튼하게 성장하도록
40년이란 세월을 뒷바라지하고
물러난 뒤에도
한시도 마음을 놓지 못하신다

구순의 강을 건너신 뒤에도
스스로 생각하고
스스로 행동할 수 있는
성인이 다 된 강진자비원을
자나 깨나 가까이서 지켜보고 계신다

펄벅의 살아 있는 갈대가 실린
광주일고생들이 보던 스탠더드 영어책
나에게 볼 수 있게 해 준
나의 가장 친한 벗 홍순이의 아버지가
강진자비원 원장 역임한 김석신 목사님이다

웃음엣소리

- 완향 김영렬

한때 강진공립보통학교,
그 이전엔 사립금릉학교였던
사라질 위기에 처한
반토막 난 금서당을 살려냈다고

학문을 하려거든 거문고처럼 하라는
아름다운 이름을 지닌 금서당의
옛모습을 지켜낸 완향이
큰일한 거지

구강포, 만덕산, 봉황마을, 마량항
수인산, 우두봉, 월출산, 서기산
강진을 화폭에 담은
완향 선생의 유작은 말할 것도 없고

매일 밤 가슴을 두 손으로
몇 번이고 쓸어내린 뒤에야 잠이 들었을
심란한 삶을

예술로 다 승화시킨 거지

자기 연민의 흔적들이 보이지 않는,
산천도 의구하지 않다는 것을 체득한
완향이 낳은 강진의 풍경들이
산 증인인 것을

강진중앙초등학교의 전신인
강진 현대교육의 산실인
사라질 위기에 처한
반 토막 난 금서당을 살려냈다고

* 금서당琴書堂 : 강진이 내려다보이는 보은산寶恩山 선인봉善人峰 중턱에
자리 잡고 있다.

웃음엣소리

– 변호사 이준보

높이 나는 새가 멀리 본다는
리처드 버크의 『갈매기의 꿈』에 빠진 내가
갈매기 조나단 리빙스톤이 되어
북산 양무정을 떠돈 적이 있다

어느 날 양무정에서
갈매기 한 마리를 만났는데
경기고등학교를 졸업하고
서울대 법대에 재학 중이었다

높이 나는 비행술에
목마른 나에게
전도유망한 이 갈매기가
얼마나 부러움을 샀겠는가

낮과 밤이 사십 년 동안 바통을 주고받도록
이 갈매기를 까맣게 잊고 살다가
이 갈매기가 대구고검장을 역임한

변호사 이준보라는 것을 뒤늦게 알았다

북산 양무정 주위를 떠돌던
높이 나는 비행술을 꿈꾸던
갈매기를 그가 기억하고 있으려나,
오르페우스의 후예가 된

* 이준보(1953~) : 강진 대구 출신이다. 사시 21회이다. 대검공안부장·기
  획조정부장(검사장), 광주고검장, 대구고검장을 역임했다. 현 법무법인
  양헌(Kim, Chang&Lee)소속 변호사다.

웃음엣소리

- 고막원교회, 김병균 목사

강진 밖에 발 딛고 있어도
강진의 문화와 역사, 인물에 대하여
빠삭한 이가
고막원교회이지

외롭고 낮고 쓸쓸한 이웃들 돌보느라
정신없는 가운데도
강진일보, 강진인물사 한 주도 빠짐없이
스크랩하지

성경을 신도들에게 판소리로 들려주고
풍물을 사랑하며
믿음의 신토불이, 한인예수를
기다리고 있지

인권이 유린된 곳은
정의가 사라진 곳은
江이든 山이든 바다 건너 강정이든

어디든 찾아가지

황소보다
힘 센 펜의 힘을 믿으며
문사철 빠짐없이 만나느라
잠 못 이루지

강진 밖에 발 딛고 있어도
강진의 문화와 역사, 인물에 대하여
훤한 이가
고막원교회이지

* 김병균 : 강진 출신으로 함평 고막원교회 목사이다. 광주 NCC(광주기독
교연합회) 회장이다.

웃음엣소리

– 전국공무원노동조합 강진군지부 지부장 김선태

전국공무원노동조합 강진군지부의 반석이 된
김선태가 어느 날 느닷없이
강진군지부 이끈 것이 아니라
내력이 있는 것이다

70년대 중반 강진약국에서 만난
함석헌의 씨알의 소리와
안병무의 현존이
뒤에서 팍팍 밀어준 거다

퀘이커 교도인 함석헌과
한국신학연구소 이사장으로
이론과 실천을 아우르는 신학을 추구한
안병무가 멘토인 게 분명하다

힘든 공무원 생활 가운데도
토마스 아퀴나스에게 사사한 김선태가
인간불평등을 누구보다

먼저 체득한 것이다

갖은 고난을 감수한 김선태는
강진도서관장을 마지막으로 퇴직하였는데
지친 몸을 치유하려
지금 어딘가에 칩거하고 있을 것이다

전국공무원노동조합 강진군지부의 반석이 된
김선태가 어느 날 느닷없이
강진군지부 지부장 지낸 것이 아니라
내력이 있는 것이다

* '전국공무원노동조합 전남지역본부 강진군지부' 이전 '강진군직장협의
  회' 회장은 현 칠량면장인 임경태였다.

웃음엣소리

 - 난지도의 딸, 이상락

훌륭하다는 말
아무에게나 쓰는 말 아닌데
훌륭하다는 말 들어도 되는 별이
이 별이지

강진중학교 다닐 때
시험 끝나면 다들 영화 보러 가는데
영화도 못 보고
백금포 둑에서 소 뜯기고 꼴 벴지

중학교 마치고 서울 가서
버스 차장하면서
고등학교는 검정고시로 끝내고
동국대학교 다니다가 때려치웠지

이름만 아름다운 난지도에 가
아이들 가르친 지
여러 해 만에 『난지도의 딸』로
문단에 혜성같이 나타났지

『민자의 전성시대』와
『지구는 가끔 독재자를 중심으로 돈다』는
콩트집 때문에
남으로 잠행하기도 했지

KBS 제1라디오
'다큐멘터리 역사를 찾아서' 집필하느라
동분서주하고 있는 이 별이
영포 방죽에서 멱 감은 적도 있지

훌륭하다는 말
누구에게나 쓰는 말 아닌데
훌륭하다는 말 들어도 되는 별이
이 별이지

---

* 이상락(1954~) : 완도 생일도 출생이나 백금포 작은 아버지 댁에 살면
  서 강진중학교를 졸업하였다(20회). 1985년 장편 『난지도의 딸』로 문단
  에 나왔다. 저서로 창작집 『동양치 별』, 『누더기 시인의 사랑』, 『고강동
  사람들』, 『차표 한 장』 등이 있다.

웃음엣소리

– 시인 나종영과 비평가 장일구

광주전남민족문학작가회의 나종영 지부장이
탱자울로 무장한
강진농고 관사에서
강진중앙초등학교까지
해찰부리며 오간 걸 나는 알고 있다

최명희의 『혼불』 연구로
제1회 혼불학술상 대상 받은 장일구 교수가
강진중앙초등학교에게
우리나라 짊어지고 나가겠다고
약속하고 나온 것도 나는 알고 있다

한 사람은 은행원이자 시인으로
한 사람은 대학교수이자 비평가로
우리 문단에 확고하게 뿌릴 내렸는데
저절로 그리된 게 아니라
우두봉과 탐진강이 뒤를 봐준 거다

탐진강물이 좋긴 좋은가보다
탐진강물 먹고 자라지 않았더라면
나종영이 창작과비평으로
장일구가 조선일보로 나온다는 것은
택도 없는 일인 것을

강진에서 태어나지 않아도
강진에서 살아만 봐도
우두봉과 탐진강이 뒤에서 봐주니
누구든 한 번은
강진에서 꼭 살아봐야 한다

웃음엣소리

- 강진 토박이, 김근진

토박이하면
고향을 지키는 못난 소나무가 연상되는데
토박이 중에
고향을 지키는 잘난 소나무여

사십 년 가까이 농협에 재직하면서
경륜을 쌓은 농협조합장도
고향에서 대접받기가 쉬운 일은 아니지,
성경 말씀처럼

농업전문가로서, 경영관리의 전문가로서
자리를 지키기도 힘이 드는데
오선의원의 아우로서 욕먹지 않아야 하니
덤으로 힘든 삶을 살고 있는 것을

강진 토박이로
고향을 지키고 살았어도
농협조합장에 농협중앙회 이사까지 나갔으니

잘 나가는 사람이지

강진에 경제민주화가 이루어져야
영세민도 사는데
그것이 딜레마여,
영세상인 살리면서 농협조합도 키워야 하니

토박이하면
고향을 지키는 못난 소나무가 떠오르는데
토박이 중에
고향을 지키는 잘난 소나무여

웃음엣소리

– 국민권익위원회 부패심사과장 김태재

그 먼 장동에서 강진중학교까지
십 리도 더 되는 학교 다니느라
많이 힘들었던 팔다리가
세상에 나가 힘을 발휘하여
국민권익위원회까지 힘차게 나아갔구나

봄이면 탱자꽃이, 벚꽃이
만개하던 강진중학교 교정에서
함께 공부하며 놀았지
깐치내재까지 꼴 베러 다니고
감자 밑 튼튼하게 드라고 꽃도 따주고

나는 삼 년으로 그 과정을 끝냈는데
강진농고까지 육 년을
그 머나먼 길을 오간 네가
나중에 큰일을 한 것은 당연하지,
그 튼튼한 팔다리로

무슨 일이든 뒷심이 있어야지
인생은 단거리 경주가 아닌
마라톤 경주라는 걸
너 때문에 또 한 차례 배우는구나,
안주하면 죽고, 부단히 노력해야 살듯이

국민의 고충을 덜어주는
제도를 개선하는
공익을 위하여 부패를 신고하는
국민공익위원회의 부패심사과장을 맡은 네가
포청청처럼 불인하고 있는지

그 먼 장동에서 강진중학교까지
십 리도 넘는 학교 다니느라
무척 힘들었던 팔다리가
세상에 나가 뒷심을 발휘하여
국민권익위원회까지 힘차게 뻗어갔구나

웃음엣소리

– 광주광역시농업기술센터 소장 김정동

우리가 교정에서 만났다가 헤어진 지가
햇수로 사십 년이 육박하는 어느 날
내가 낳은 『조롱박꽃 핀 동문매반가』 기사 보고
네가 소식 준 것을

고시에 합격하여만
박사 받아 교수돼야만 뭔가를 이룬 건가
바닥에서 시작한 공무원의 꿈의 목표인
서기관에 도달한 것도 뭔가를 이룬 거지

걸어서 이십 리를 왕복하며
초등학교를 마친
방학이면 땅꾼들 따라 뱀 잡으러 다닌 네가
입신양명한 거지

누구나 누리는 것이 아닌 용운리 항골의
어린 시절의 특별한 추억은
말 그대로 돈 주고도 못 사지

한때 많이 힘들긴 했어도

남에게 뒤지지 않으려 앞만 보고 달리는
서기관이 아니라
생각하는 서기관이라는 것을
네가 낳은 신문칼럼이 다 입증하고 남지

네가 아는 것을
나는 거의 다 모르고 살았으나
내가 아는 것을
너는 거의 다 알고 산 것을

말단공무원의 꿈의 목표인 서기관에
누구나 도달하는 건 아니지
나의 시보다 아름다운 너의 칼럼이
그냥 태어난 것이 아니듯이

웃음엣소리

― 대구면장 최경희

옴천면장, 하면 맥주 따르는 것으로 유명한데
강진군청 유리천장을 깬
최경희 대구면장은
무얼로 이름을 남기려나

강진복지관 세울 때
옛 강진의원의 아들 정읍 박병원을 설득하여
토지 매입을 원활하게 한
공을 세웠다는 기사를 본 적이 있다

강진드림스타트 개소,
결혼이민자정착금지원,
다문화가정 고향방문 업무추진 등으로
능력을 인정받아 대구면장이 되었다

대구면장의 직책을 위임받은
최경희 대구면장을 가장 반갑게 맞이한 이는
대구면사무소 앞 단풍나무인데

최경희 대구면장과 많이 닮았다

강진군 대구면이 감기에 걸리면
몸살이 나면
어디 아픈 데가 있으면
다 치료해 줄 사람이 대구면장 최경희다

옴천면장, 하면 맥주 따르는 것으로 유명한데
강진군청 유리천장을 깬
최경희 대구면장은
무얼로 이름을 남기려나

웃음엣소리

- 옹기장 정윤석

500만 원을 벌려면
옹기를 몇 개를 팔아야 할까
명품 청자야 하나에 500만 원을
넘어서는 것도 허다하지만

인재육성기금으로
칠량옹기 정윤석 옹기장 500만 원,
이용희 청자장 500만 원 기사에
가슴이 뭉클해지는 것을

인재육성기금 500만 원은
부유한 사람에게는
별거 아니지만
옹기장 정윤석에게는 큰돈인 것을

이름도 아름다운 봉황 마을에서
사라져가는 옹기를 지켜준 것만으로도
큰일을 하였는데

인재육성기금까지 내놓다니

국가지정 중요무형문화재 96호
정윤석 옹기장,
2005 광주문화방송 선정 희망대상
문화부문 우수상 수상

전통 체바퀴 타래미(판뜨기) 기법으로
50년째 옹기를 제작한 그가
옹기를 몇 개를 팔아야
500만 원을 벌 수 있을까

* 체바퀴 타래미(판뜨기)방식 : 중앙 부분이 넓은 전통옹기를 만드는 방식.

웃음엣소리

– 우서회서예원, 백사 정윤식

운명이 무엇인지도
모르는 나이에
초대받지 않은 손님이 찾아와
슬픔을 안겨줬지

운명이 무엇인지 어렴풋이 알았을 때
운명을 받아들여야 할 지
운명을 거역해야 할 지
판단이 서지 않았지

두 손으로 붙들어도
감당하기 힘든 삶이란 짐을
한 손으로 붙들고
먼 길을 걸어왔지

한 손으로
지필묵을 다 상대하였으니
바쁠 수밖에,

한눈팔 틈이 없었지

주체할 수 없는 것이
한두 가지가 아니었으나
모국어의 가슴에 귀 기울임으로
마음을 가라앉혔지

운명이 무엇인지도
모르는 나이에
내 몸에 안긴 슬픔과 함께
여기까지 걸어왔지

웃음엣소리
– 전농 강진군 농민회 정책실장 강광석

나는 컴퓨터 앞에서 키보드로
답이 안 나오는 문예농사를 짓는데
농촌에서 실제로 논농사,
원예 농사를 짓는 이 농민 논객은
답은 나오는지

조국은 하나다의
민중시인 김남주 시인에 빠져
국문학을 전공한 농민 논객이
문예농사 짓지 않고
몸으로 직접 농사를 짓고 있는 것을

농사에도 내공이 있는 줄로 아는데
이 농민 논객은 내공이 쌓여
농촌 현실이 아무리 고달프고 힘들어도
희망의 끈을 놓지 않고 있는
착한 농부인 것을

327

열 십(十)을 중심으로
하늘과 땅, 사람과 씨앗 등 사방이
협력적 관계를 맺어야
한 톨의 쌀이 나온다는
'쌀 미(米)자' 론은 어디에서 터득했을까

최첨단 회전식 원판 쟁기를 단 트랙터로
여러 날 물에 잠긴 논을 갈다가
미꾸라지, 뱀, 지렁이 등의 몸이
잘려나가는 것에 가슴 아파한 이 농민 논객은
많은 생명이 논에 의지해 살고 있음을 깨달았다지

나는 컴퓨터 앞에서 키보드로
답이 안 나오는 문예농사를 지으며
고민에 차 있는데
농사일 하며 한글학교 운영하는 이 농민 논객은
고민할 틈이라도 있을라나

* 이 시는 경향신문 손동우가 만난 사람 「농민 논객 강광석 전농 강진군 농민회 정책실장」이란 기사(2011. 2. 21.)를 참조하였다.
* 강광석(1970~) : 강진 출생으로 경희대 국문과를 졸업하였다. 전농 광주·전남도연맹 정책위원장을 역임하였으며 전농 강진군 농민회 정책실장과 찾아가는 여성농민 한글학교 교장이다. 성전면 영흥리에서 벼농사와 더불어 오이·고추를 재배하고 있다.

웃음엣소리

– 장사의 기술, 주희춘

강진의 과거를 더듬어 보는 것은
강진의 현재를 위해
강진의 미래를 위해
바람직한 일인데
그 일의 선두에 선 이가 이 별이다

峰의 소리 – 강진군계 140㎞를 따라서,
제주 고대항로를 추적한다,
장사의 기술은 이미 낳았고
강진인물사는 만삭이니
머지않아 낳을 것이다

강진군계 140㎞를 추적하느라
제주 고대항로를 추적하느라
실사구시와 이용후생의 달인인
병영상인의 후예들을 추적하느라
발바닥이 다 닳았을 것이다

서재에 똬리 틀고
그저 잔머리 굴려
강진의 과거를 더듬어 본 게 아니라
밥 먹을 시간까지 아껴가면서
자신의 손과 발로 이룬 것이다

강진의 현재를 위해
강진의 미래를 위해
강진의 과거를 더듬어 보는 것이
무엇보다 중요한데
그 일에 앞장선 이가 이 별이다

강진의 신화 쓰기

– 김재석 시집 『강진시문학파기념관』

안현심(시인, 문학평론가)

1. 들어가며

김재석(시조 필명 김해인) 시인을 만난 것은 2008년 만해축전 기간 중 만해마을에서다. 같은 문예지로 비평가와 시조시인이 된 우리는 축전 기간 중 많은 부분에서 교감을 나누었다. 남도의 정 깊은 사투리를 감칠맛나게 구사하던 그는 유난히 눈이 커서 사슴을 연상시키는 인물이었다. 목포에서 고등학교 영어교사로 재직하였으나 2012년에 명퇴함으로써 지금은 전업시인의 길을 걸고 있다.

그가 시집 『강진시문학파기념관』을 출간한다고 하면서 해설을 부탁해왔다. 1993년 첫시집 『까마귀』를 낸 이후 그는 시조집을 포함해 무려 열여덟 권의 시집을 발행하고 있었다. 시집의 자서를 일독하는 동안 그가 얼마나 무섭게 시창작에 몰입해왔는가를 알 수 있었다. 그것은 애정을 넘어 강박증적 집착에 가까운 사랑이었다. 하루 종일 학생들과 함께하면서도 시는 물밀 듯이 밀려와 서랍 속에 똬리를 틀곤 했다는 것이다.

'앞산의 여우도 죽을 때는 고향으로 머리를 둔다.'는 말이 있다. 하물며 사람이라면 첫 고고성을 울린 산하를 결코 잊을 수 없을 것이다. 그리하여 시인들은 고향에 대한 시를 많이 쓸 수밖에 없다. 그 대표적인 예로 서정주의 「질마재 신화」를 들 수 있다. 그는 고향 질마재의 사람들과 전승되는 이야기, 동식물에 이르기까지를 신화적으로 집대성해 한 권의 시집으로 엮은바 있다. 한 권의 시집을 오직 한 고장의 이야기로만 구성했다는 측면에서 이 시집은 「질마재 신화」와 공통분모를 지닌다.

『강진시문학파기념관』이란 제목이 암시하듯이, 김재석 시인의 이번 시집은 고향 강진의 이야기로 일관되어 있다. 시인의 강진 사랑은 유달라서 시조집 『내 마음의 적소, 동암』을 비롯하여 『강진』, 『조롱박꽃 핀 동문매반가』의 모든 시들이 고향을 특징짓는 내용들로 구성되어 있다. 그러나 그가 처음부터 이런 작품만을 쓴 것은 아니다. 시집 『까마귀』, 『샤롯데모텔에서 달과 자고 싶다』, 『기념사진』, 『헤밍웨이』, 『달에게 보내는 연서』, 『백련사 앞마당의 백일홍을』 등의 작품들은 서정시인다운 면모를 많이 지니고 있다.

심리학적 관점에 기대어보면, 인간은 나이가 들수록 고향을 그리워하게 된다고 한다. 그것은 자신이 태어난 곳, 즉 어머니의 자궁으로의 회귀를 꿈꾸는 인간 본능의 구현이라고 할 수 있다. 그렇다고 본다면 중기 이후 드러나는 시인의 고향 인식은 지극히 당연한 현상이라고 하겠다.

2. 자연공동체 인식, 그리고 나

시인은 시집의 첫 장에 「시론」을 안배하고 있다. 이 시에서 시인은 "언어의 연금술이/은유라는 걸" 뒤늦게 깨달은 사실에 대해 말하고 있다. "진흙소인 해가/우주

의 시계인 달이/해와 달의 자식인 별들이/몸으로 보여
준 것을/깨닫지 못했다니//구름이 밤낮으로 보여준 것
을/몰랐다니//아버지가/어머니라는 백지에 갈겨놓은/
문장이 나인 것 또한//나의 연서를 받은 살구꽃이/내
게 보낸 답장이/황금의 열매인 것을" 그리고 "시가/은
유의 자식이라는" 것을 깨닫게 되었다는 것이다.

　　그렇다면 시인은 시의 실체를 보고, 만지는 경지에
이르렀다고 말할 수 있겠다. 많은 시인들은 시를 쓰면
서도 시가 무엇인지 모른다고 한다. 그만큼 시는 한마
디로 정의되지 않고 또한 실체를 잡기 어려운 생성자이
다. 그런데도 시인은 '언어의 연금술은 은유이며, 시는
은유의 자식'이라고 정의하기에 이른다. 왜 그런가에
대한 구체적인 해답은 해와 달과 별 그리고 어머니와
아버지, 살구꽃과 민들레 등 우주 만물과 '나'와의 관
계망 인식에서 찾을 수 있다. 나는 독자적인 내가 아니
며, 우주 그물망의 일부로 존재한다는 인식이 그것이
다. 이러한 인식을 지니는 순간 시 또한 그와 다르지 않
다는 사실을 깨닫게 된 것이다.

　　시인은 세상의 존재자들을 과학적인 언어로 규명하
지 않고, 은유 관계로써 말하고자 한다. "아버지가/어
머니라는 백지에 갈겨놓은/문장이 나"라는 구절을 과

학적으로 분석하면, 아버지와 어머니가 결혼을 하고, 성관계를 맺음으로써 내가 태어나게 되었다고 말해야 맞을 것이다. 그러나 그는 어머니라는 백지에 아버지가 휘갈긴 문장이 바로 나라고 말하고 있다. 그래서 '나' 라는 인간의 정체성은 아버지의 글 쓰는 능력에 따라 규정되고 변모된다는 것을 강조한다. 이러한 은유가 바로 시적 은유이며, 세상의 이법 또한 은유의 고리로 연결되어 있다는 인식을 강하게 드러낸다.

이와 같은 인식에 이르기까지 많은 고뇌의 시간이 필요했을 것이다. 기나긴 사유의 시간 없이는 닿을 수 없는 인식의 경지라고 할 수 있다. 이 부분에서 우리는 시집의 첫 장에 「시론」을 안배한 이유를 짐작할 수 있다. 이 시집은 바로 이러한 시론을 근간으로 쓴 시들의 묶음인 것이다.

우주 공간에서 100% 순도를 지닌 사물은 없다. 다시 말해 혼자서 독자적으로 존재하는 존재자는 없다는 것이다. 우주의 사물들은 어떤 식으로든 서로 몸을 나누고 얻어오기도 하면서 관계를 지니고 존재한다. 따라서 '나'라는 존재자에 대해 천착해가다보면 수많은 사물 혹은 인식들이 나를 이루는 데 관여하고 있음을 깨닫게 된다. 그중 대표적인 것이 가장 순수했다고 볼 수 있는 어린 시절의 공간 혹은 시간 속의 관계자들이다. 어린 시절 내면의 중심에 강력하게 각인된 순수추억은 영원성을 부여받으며 인간에게 지속적으로 영향을 미친다. 그리하여 전 생애의 기억 중에서 가장 선명한 그림으로 자리 잡게 되는 것이다. 시「우두봉」이 그러한 사실을 집약적으로 보여준다.

내 몸이 풀잎 같은 약골이어도
내가 어디 가서
무시 받지 않는 것은
세상이 너그러워서 그런 줄 알았다

내가 궁지에 몰려 있다가
이카로스처럼 빠져나간 것도
내가 지혜를 잘 발휘해서
그런 줄 알았다

내가 발걸음 옮길 때마다
내 등 뒤에
누군가가 저만치 떨어져서
날 지켜 준다는 것은 생각도 못했다

경호원이자 수호신인 우두봉이

내 생의 구원투수인 것을

탐진강이 귀띔해 주지 않았더라면

나는 여전히 덤벙거리며 살았을 것이다

심지어 풀과 나무와 새들이

나를 하염없이 바라보기에

나를 연모해서 그런 줄 알았더니

내 뒤에 서 있는 우두봉 때문이라니

우두봉이 이마에 손을 대고

세상을 굽어보다가

내가 위기에 처할 때마다

내 등 뒤에 나타나 버티고 섰던 것이다

― 「우두봉」

　'우두봉'은 강진을 대표하는 산봉우리로서 시인은
어릴 적 이 봉우리를 보며 자라온 듯하다. 이순의 강을
바라보며 어느 날 시인은 문득 깨닫는다. 한없이 약골
인 자신이 어디 가서 무시 받지 않고 살아온 것, 궁지에

몰렸다가도 잘 빠져나온 것 모두가 세상이 관대하고 자신이 지혜로워서 그런 줄 알았더니 그렇지 않더라는 것이다. 그것은 바로 우두봉이 등 뒤에 버티고 서서 지켜주었기 때문이라는 것을 늦게나마 알게 된 것이다.

현실적으로 산봉우리가 어떻게 인간을 지켜줄 수 있겠는가. 산봉우리는 인간의 행위에 영향을 줄 수 없는 무생물이다. 그러나 시인은 우두봉을 의인화하여 자신을 보호해주는 든든한 언덕으로 상정해놓고 있다. 이러한 현상은 인간의 한계를 능가하는 보호자를 갖고 싶어하는 시인의 간절함이 만들어 낸 결과라고 할 수 있다. 한편으로는 우주 관계망 속의 존재자에 대한 형상화라고 해도 좋을 것이다.

그런데 그처럼 강력한 힘의 대상이 현실공간이 아니라 어렸을 적 보고 자란 우두봉이라는 사실에 주목해야 한다. 어린 시절 강력하게 각인된 고향의 자연환경은 신비로운 힘이 덧씌워져 신화적으로 승화되는 경우가 많다. 고향을 노래하는 대부분의 작품들이 신화성을 띠는 이유가 바로 이러한 사실 때문이다. 서정주는 심지어 곱추였던 재곤이를 거북이로 은유함으로써 영원한 생명성을 부여하기도 하였다.

이 시집에는 강진의 역사적·문화적 인물들, 문화재,

자연환경 등이 총망라되어 있다. 구체적으로 열거해보
자면 '가우도·탐진강·다산·영랑·강진경찰서·고성사·죽
도·옴천사' 등 헤아릴 수 없이 많다. 고향에 대한 간곡
한 애정은 시인으로 하여금 '고성사'라는 절을 계절별
로 노래하도록 추동하기도 하였다. 외지인의 눈에는 포
착되지도 않을 미세한 변화가 시인에게는 쓰지 않고는
못 배기는 충동으로 다가온 것이다. 시인만이 느끼는 감
정의 출렁임은 시 「탐진강」에서도 여실하게 나타난다.

처음부터
저리 늠름한 생이 어디 있나

저리 되기까지는
돌, 자갈, 바위, 소沼에
엎어지고, 깨지고, 휘몰아치고
이마와 무릎이 성한 데가 없었지

다친 곳이
한두 군데가 아니었지

"상처 없는 생은

살아봤다 할 수 없다"는 말

어디서 들은 것 같은데

– 「탐진강」 부분

시인의 마음속에 새겨지는 탐진강의 형상은 "돌, 자
갈, 바위, 소沼에/엎어지고, 깨지고, 휘몰아치"면서 긴
시간을 견뎌온 자신의 모습과 흡사하다. "상처 없는 생
은 살아봤다 할 수 없다." 칠흑의 어둠을 인내한 자만
이 새벽을 맞이할 수 있고, 혹한 속에서 마디게 자란 자
작나무가 깊은 울림을 지니는 악기가 될 수 있다. 늠름
하게 흐르는 탐진강을 바라보며 시인은 그러한 생이 자
신의 모습이기를 내심 바라고 있다.

이처럼 시에 등장하는 자연물은 시인의 삶과 무관하
지 않다. 그것은 자연물들이 시인의 고향 산천에 존재
한다는 이유로서만이 아니라, 곧 시인 자신이라는 등식
을 성립시키면서 더욱 친근하고 애잔한 이미지를 함의
한다. 즉 강진이라는 공간에 시인이 포함되는 것이 아
니라 강진은 곧 시인과 동일한 선상에 놓이는 것이다.

강진은 고려시대 아름다운 비색상감무늬 청자기를
생산해 낸 고장으로도 유명하다. 이러한 사실을 시인의
정치한 안테나가 흘려보낼 리 없다. 인공이 아닌 천공

의 경지에서 빚어지는 청자기는 세계 곳곳에 귀중품으로 보관되어 있는데, 해상 무역의 발달과 함께 각지로 전해졌기 때문이다. 강진은 장보고에 의해 해상 무역 기지로 발돋움한 청해진과 매우 가까운 거리에 위치하고 있다. 그러한 지정학적 조건이 강진을 청자기 생산의 본고장으로 거듭나게 한 것이다.

경찰서 난장이담장에
청자를 놓아
담장 역할을 하게 하다니,
아무리 강진이 청자의 본향이라지만

한때 개밥그릇으로 굴러다닌 청자,
남아도는 청자로 담장을 만들었다 하더라도
외지인들 지나가다가
엉뚱한 생각날까 봐 겁나는 걸

－「강진경찰서 청자담장」 부분

시 「강진경찰서 청자담장」을 보면, 한때 강진에 청자기가 얼마나 흔했는가를 짐작할 수 있다. 산야에 굴러다니는 돌멩이처럼이나 많아서 경찰서 담장을 쌓는 데

사용될 정도였다. 물론 상품으로 담장을 쌓지는 않았을 것이다. 한때 개밥그릇 용도로 쓰일 만큼 어딘가 흠이 있고, 비틀린 청자기였겠지만 외지인들 눈에는 귀하기만 한 것이니 혹시 도둑이라도 맞을까 봐 걱정스럽다.

강진하면 남도의 사투리를 시어로 승화시킨 영랑을 빼놓을 수 없고, 유배 생활하면서 강진의 문화에 막대한 영향을 미친 다산을 짚고 넘어가지 않을 수 없다. 시인은 앞서 출간한 시집들에서 이들에 얽힌 이야기를 다수 노래한 바 있다. 영랑생가의 돌담 옆 공터는 어릴 적 친구들과 해 지는 줄 모르고 놀던 놀이터였다. 이처럼 훌륭한 시인들의 체취를 맡으며 자랐으니 그 자긍심과 그리움이 얼마나 크겠는가. 그래서 작년에는 다산의 모든 것을 집대성한 시조집 『다산』을 출간하기에 이른 것이다. 다산에 대한 시는 이번 시집에도 여러 편 등장한다.

다 밝힐 수 없는 사연으로
생의 발목이 잡혀
더 살아보고 싶은 마음이 나지 않을 때
다산이 내게 다가왔지
고개 숙인 내 영혼의 어깨를 또닥이며

다산이 내게 속삭였지,
일사이적에 견줄
슬픔이 내게 있냐고

적거지 강진의 사의재에서 다산초당까지
경학에 덜미 잡힌 뒤에도
두물머리가 뇌리를 떠난 날이
몇 날이나 있었겠냐며

절도안치인 손암도 버티는데
그에 비하면
한참 사치인 자신이 못 버틴다면
그게 말이 되냐며

하루에 두 차례 어김없이찾아왔다 돌아가는
구강포 바닷물처럼 삶은 가차 없는데
자신도 연민에 빠진 적이 있다며

다 털어놓을 수 없는 사연으로
생의 발목이 붙들려
더 살아보고 싶은 마음이 나지 않을 때

다산이 내게 찾아왔지

— 「다산과 나」

   이 시에서 다산은 내가 "다 밝힐 수 없는 사연으로/
생의 발목이 잡혀/더 살아보고 싶은 마음이 나지 않을
때"마다 위로자의 역할을 해준다. 다산은 조선 후기의
진보적인 실학자로서 저서를 쓰고, 실용적인 기계를 발
명함으로써 문화뿐만 아니라 건축과 농사에 이바지했
음에도 불구하고 정쟁에 휘말려 파란만장한 삶을 살다
간 위인이다. 그가 강진에 유배되었을 때 강진의 문화
에 많은 영향을 미치게 되는데, 이로 인해 다산은 강진
이 사랑하는 인물로서 자리매김하게 된다.

   다산 일가는 천주교도였는데 이교도를 제거한다는
명분으로 남인을 탄압한 신유사옥 때 삼형제가 말려들
어 한 명은 죽고, 두 명은 귀양 가는 일사이적一死二謫의
화를 당한다. 일가가 풍비박산되는 아픔을 겪으면서 귀
양살이하는 심정이 오죽했을까. 다산은 시인에게 아무
리 아픔이 크다고 한들 일사이적에 견줄 수 있느냐면서
강진에 발 묶여 있으면서도 고향의 "두물머리가 뇌리
를 떠난 날이" 없었다고 말한다. 그러면서 절해고도로
귀양 간 손암도 견디며 살고 있는데, 그에 비하면 자신

은 한참 사치스럽다는 것이다. 여기서 '두물머리'는 경기도 광주 다산의 고향을 휘감아 흐르는 강어귀를 가리킨다.

"다 털어놓을 수 없는 사연으로/생의 발목이 붙들"린 사람이 어디 시인뿐이겠는가. 차라리 털어놓을 수 있는 사연은 사연도 아니다. 말로 해명될 수 없는 삶의 순간들이 얼마나 많이 존재하는가. "하루에 두 차례 어김없이/찾아왔다 돌아가는/구강포 바닷물처럼 삶은 가차없는데" 말이다.

> 내 눈빛에 담겨
> 마실 나간 적이 있는 가우도를
> 애써 피한 것은
> 잘못 되면 책임지어야 되기 때문이지
> 눈빛 마주치지 않으리라
> 마음 단단히 먹었는데
> 가을바다에 뒤숭숭한 내 마음이
> 가우도와 또 눈이 마주치다니
> 지난여름 도라지꽃 무더기로 데리고
> 폐교마저 데리고
> 내 눈에 똬리 틀고 떠날 줄 몰라

애 많이 먹었지

제 발로 걸어 나갈 생각 않기에

더위 먹은 여름에 데려다 주느라

또 한 차례 발품을 팔아야 했지

말 많은 강진만에

파도들의 입방아에 올랐다 하면

죽어도 주워 담지 못하니

오해 받을 일은 삼가야 하지

이제 가우도 출렁다리도 생겨

드나드는 사람들 많으니

내게 의존할 필요가 하나 없지

저것이 내게 뭔 맘을 먹었기에

나를 쳐다보는 눈빛이 저리 하염없는지

성가셔 죽겠는 걸

저러다 병이라도 나면

좋은 구석 하나 없는 나 같은 놈을 다

눈독들이다니

- 「가우도」

시 「가우도」에서 시인은 '가우도'를 연정을 품고 있
는 이성으로 환기한다. 사실 시인이 가우도를 집착하면

서도, 역으로 가우도가 보잘것없는 자신을 연민한다고 능청스럽게 엄살을 부리고 있다. 가우도의 그러한 행실이 파도들의 입방아에 오르면 주워 담지 못할 것이니 오해받을 일은 삼가야 된다느니, "내게 뭔 맘을 먹었기에/나를 쳐다보는 눈빛이 저리 하염없는지/성가셔 죽겠"다느니, "좋은 구석 하나 없는 나 같은 놈을 다/눈독 들이다니" 하는 등의 해학은 독자로 하여금 폭소를 터드리도록 만든다.

가우도를 얼마나 가슴 깊이 간직했으면 눈이 짓무르도록 보고 싶은 연인으로 환기하고 있을까. 짙은 해학에 웃음이 터지면서도 안타까운 연민으로 가슴 한편에 눈물 한 방울 자리하도록 만든다. 그러한 측면에서 이 시는 서정성 짙은 절창이라고 할 수 있다.

어느 날
초저녁에 잠에서 깨어보니
시가
미워 죽겠어야

나를
무기력하게 만든

장본인이

시인 것을

아무 때나 자고

아무 때나 일어나고

아무 때나

밥 먹고

패가망신이

코앞에

얼씬거려도

눈치채지 못하다니

– 「웃음엣소리 – 시가 미워」

   이 시집은 5부로 구성되어 있는데 제5부는 「웃음엣소리」 연작시 예순여섯 수가 부제를 달고 안배되어 있다. '웃음엣소리'는 말 그대로 가볍게 웃어넘길 수 있는 작품으로 해석할 수 있다.

   시 「웃음엣소리 – 시가 미워」는 부제가 의미하듯이 자신을 무기력하게 만드는 시가 밉다는 내용이다. 시 귀신에 사로잡힌 시인은 "아무 때나 자고/아무 때나 일어나고/아무 때나/밥 먹"으면서 오직 시만 생각하는 나날을 영위한다. "패가망신이/코앞에/얼씬거려도/눈치채지 못"한 채 말이다. 단순히 시가 밉다고 투정하는 듯하지만, 짧은 행간 속에 채색된 시인의 고뇌가 짙기만 하다.

3. 나가며

시집을 일독하는 동안 가슴이 내내 먹먹하였다. 시가 뭐길래 온 영혼을 사로잡힌 채 살아가는가? 시인의 몸과 영혼을 갉아먹으면서도 시는 아무것도 제공해주지 않는다. 패가망신의 그림자가 눈앞에 드리워도 눈치채지 못한 채 안타까운 외사랑을 포기하지 못하는 자가 바로 시인이다.

김재석은 고교 교사로서 그동안 혼신을 다해 일해왔다. 그러던 그가 정년을 몇 년 앞두고 명예퇴직을 택한 것 또한 몸 바쳐 시를 사랑하기 위해서였다. 우두봉으로, 탐진강으로, 가우도로 번져가는 사랑의 불길을 온전히 받아들이기 위한 선택이었다. 오직 자신만을 바라보아달라고 닦달하는 강진의 문화와 자연을 외면하지

못해서였다. 사랑의 신열이 마디마디 전달되어 읽는 이
의 삭신까지 자긋자긋 쑤셔온다.

　여기서 시인에게 한마디 하고 싶다. 사랑의 불길을
좀 삭이고 건강을 돌보라고 말이다. 건강해야 하염없이
바라보는 가우도의 눈길도 받을 수 있고, 다산과의 우
정도 오래오래 지속할 수 있지 않겠는가.

김재석

1955년 전남 강진에서 태어나 1982년 전남대학교 영문과를 졸업하고 2002년 목포대
학교 국문과 박사과정을 수료했다. 1990년 『세계의문학』에 시로 등단했으며 2008년
유심신인문학상 시조부문(필명 김해인)에 당선했다. 시집으로 『까마귀』, 『샤롯데모텔
에서 달과 자고 싶다』, 『기념사진』, 『헤밍웨이』, 『달에게 보내는 연서』, 『목포자연사박
물관』, 『백련사 앞마당의 백일홍을』, 『강진』, 『조롱박꽃 핀 동문매반가』, 『목포』 번역
서로 『즐거운 생태학 교실』, 시조집으로 『내 마음의 적소, 동암』, 『이화』, 『별들의 사
원』, 『별들을 흐린다고 저 달을 참수하면』, 『고장난 뻐꾸기』, 『큰개불알풀』, 『다산』,
『만경루에 기대어』가 있다. 현재 목포 마리아회 고등학교에서 영어교사로서 삼십 년
간의 교직 생활을 마치고 전업시인으로 활동하고 있다.

e-mail | crow4u@hanmail.net

강진시문학파기념관

초판1쇄 찍은 날 | 2014년 3월 24일
초판1쇄 펴낸 날 | 2014년 4월 7일

지은이 | 김재석
펴낸이 | 송광룡
펴낸곳 | 문학들
등록 | 2005년 8월 24일 제2005 1-2호
주소 | 501-190 광주광역시 동구 천변우로 487(학동) 2층
전화 | 062-651-6968
팩스 | 062-651-9690
전자우편 | munhakdle@hanmail.net

ⓒ 김재석 2014
ISBN 978-89-92680-79-0 03810